U0300658

这世界如露水般短暂

小林一茶俳句 300

北京联合出版公司
Beijing United Publishing Co.,Ltd.

［日］小林一茶———— 著　陈黎 张芬龄————译

雅众文化　出品

译者序

星罗万象一茶味

一、小林一茶的生命历程

与松尾芭蕉（1644—1694）、与谢芜村（1716—1783）并列为日本"古典俳句三大家"的日本江户时代俳句诗人小林一茶（1763—1827），于宝历十三年（1763年）5月5日生于信州柏原（今长野县上水内郡信浓町柏原）小康的自耕农家，父名小林弥五兵卫，母名"くに"（Kuni）——出身于曾任村中官吏的宫泽家族。一茶是长子，本名小林弥太郎，三岁时母亲病逝，家中收入减半，生活逐渐穷困。

柏原是海拔约七百米的山村，属土质贫瘠的火山灰地，水田少，多半为旱田，在一茶出生之时，约有一百五十户人家，人口总数约七百人。其地为日本屈指可数的大雪地带，冬季时积雪高过人身，街道尽埋，

人马往来受阻，全村进入长达三个月的阴郁的"冬笼"（冬日闭居、幽居）期。

母亲死后，一茶的养育工作转由祖母负责。八岁时父亲续弦，继母是一位勤奋的劳动者，颇不喜欢一茶。十岁时，同父异母弟仙六（后名弥兵卫）出生，一茶与继母关系更为恶化。十四岁时，爱他的祖母去世，翌年父亲遣其往江户（今之东京），免得与继母冲突。我们不清楚他童年、少年期在柏原受教育的情况，据一茶自己的忆述，少年时代的他逢农忙期，白天整日须帮忙农作或照顾马，夜间则做草鞋。由于柏原地区冬日大雪，冬季时会开设"寺子屋"（普及庶民教育的私塾），教小孩读书、写字，因此一茶在去江户前应具备一些基本的读写能力。

1777 年春天，十五岁的一茶只身来到江户，据说在寺院或诊所工作。他十五岁到二十五岁这十年间生活情况不明，但应该就在这段时间他开始接触俳句。一茶第一首俳句作品出现在 1787 年信州出版的《真左古》（まさご）此一集子里："是からも末だ幾かへりまつの花"（从现在起，不知还要开多少回呢……松树的花），署名"渭浜庵执笔一茶"。"渭浜庵"是"葛饰派"俳句宗匠沟口素丸（1713—1795）的庵号，可以判断一茶曾随其习诗，担任"执笔"（记录）之职务。这一年，"葛饰派"重镇二六庵小林竹阿（1710—1790）从居留二十载的大阪回到江户，二十六岁的一

茶转拜他为师，学习俳谐之道，同时可能帮忙照料高龄竹阿之起居。后又转入竹阿师弟"今日庵安袋"森田元梦（1728—1801）门下；元梦1788年刊行的《俳谐五十三驿》一书中，收录了一茶以"今日庵内菊明"为名的十二首俳句。

1789年，二十七岁的一茶很可能做了一次师法俳圣松尾芭蕉俳文游记《奥之细道》的奥羽（日本东北地方）之旅。据说他写了一本《奥羽纪行》，但目前不存于世，内容不明。在一茶那个时代，要成为一个"俳谐宗匠"，踵步芭蕉《奥之细道》行脚是必要的条件。

1790年3月，二六庵竹阿过世。一茶正式投入沟口素丸门下，再任"执笔"之职。1791年（宽政三年）春天，一茶以父亲生病为由向素丸提出归乡之请，离家十四年的一茶第一次回到故乡柏原，他后来在文化三年至文化五年（1806—1808）间写成《宽政三年纪行》纪录之，风格深受芭蕉俳文影响。

1792年春天，三十岁的一茶追循其仰慕的先师竹阿大阪俳坛活跃之足迹，从江户出发，开始其"西国行脚"，于此后七年间遍历九州岛、四国、大阪、京都等地，并与各地知名俳句诗人（如大阪的大江丸、二柳，京都的丈左、月居，伊予的樗堂……）会吟，蓄养、锻炼自己俳句写作之修行。葛饰派的平俗调、大江的滑稽调，以及西国行脚路上吸纳的各地方言、俗语……都是一茶俳句的要素。1798年，三十六岁的一茶再次

返乡，然后于八月回到江户。当时江户地区的人对于农村来到江户谋生的乡下人，每以鄙夷之态度讥称其为"信浓者"或"椋鸟"（一茶后来有一首追忆江户生活的俳句即如是书写："椋鳥と人に呼ばるる寒さかな［他们叫我这乡下人"椋鸟"——冷啊］）。"

1801年，元梦师过世。3月，三十九岁的一茶返乡探望父亲，4月，父亲突染伤寒，卧病一个月后去世。一茶写了《父之终焉日记》记之。父亲遗言交代其财产由一茶与同父异母弟仙六均分，但继母与仙六激烈反对。遗产问题一时未能解决的一茶又回到江户，继续其流浪生活。追随俳句名家学习多年的一茶，期望早日自成一家，勤读《万叶集》《古今和歌集》《后撰和歌集》《百人一首》等古典和歌集，化用其技法于俳句写作，并聆听《诗经》之讲释，自学《易经》及其他中国古典作品，求知欲饱满，俳谐之艺日益精进。1804年，四十二岁的一茶执笔《文化句帖》，4月主办"一茶园月并"（一茶园每月例行活动），告别"葛饰派"，转而亲近以夏目成美（1749—1817）为首的俳句团体，受其精神与物质的双重庇护，并与和夏目成美并称"江户三大家"的铃木道彦、建部巢兆交往，逐渐形成自己"一茶调"的俳风。

1807到1810这四年，一茶数度归乡，交涉父亲遗产，皆未能有成。他于1810年（文化七年）开始动笔写《七番日记》（1810—1818）。1812年，五十岁的

一茶决意告别第二家乡江户，结束三十余年漂泊生活，于11月回故乡柏原永住。他当时写的这首俳句，清楚、动人地显示了他回归乡土的决心："是がまあつひの栖か雪五尺（这是我终老埋身之所吗——雪五尺）。"他租屋而居，试图处理妥遗产问题。1813年元月，在祖先牌位所在的明专寺住持调停下，终于成功地分产，家中屋子一分为二，由一茶与仙六分住。

1814年，五十二岁的一茶终于告别单身生涯（"五十聟天窓をかくす扇かな"［半百当女婿，以扇羞遮头］），于4月时与野尻村富农常田久右卫门二十八岁的女儿菊（きく）结婚。菊小一茶二十四岁，两人感情很好，虽偶有争吵。不似不善交际的一茶，菊与邻里和善相处，农忙期也下田帮助比邻而居的仙六，与一茶继母维持良好关系。一茶则不时往返于北信浓地区随他学习俳句的门人之间。1816年4月，长男千太郎出生，但未满月即夭折。1818年5月，长女聪（さと）出生，但于1819年6月过世，一茶甚悲，于一年间写作了俳文集《俺的春天》（おらが春），记述爱女之生与死，真切感人，可谓其代表作。

1820年10月5日，次男石太郎出生；16日，一茶外出，在积雪的路上中风倒下，一茶与新生儿同卧于自宅之床，幸而康复，但言语与行动略有不便。1821年1月，石太郎在母亲背上窒息致死。1822年，六十岁的一茶动笔写《六十之春》（まん六の春）与《文

政句帖》。1822年3月，三男金三郎出生。1823年5月，妻子菊以三十七岁之龄病逝。12月，金三郎亦死。一茶接二连三遭受打击，悲痛无助可知。

1824年5月底，六十二岁的一茶二次结婚，对象为饭山武士田中氏三十八岁的女儿雪（ゆき），但8月初两人即离婚。离婚后不到一个月，一茶中风再发，言语有障碍，行动不自由，出入须乘坐"竹驾笼"（竹轿）。1826年8月，六十四岁的一茶第三次结婚，妻名八百（やお），年三十八岁。1827年6月，柏原大火，一茶房子被烧，只得身居"土蔵"（贮藏室）。11月，六十五岁的一茶中风突发遽逝——唯一继承其香火的女儿，尚在其妻肚内，于翌年4月出生，一茶生前为其取名"やた"（Yata）。

二、小林一茶的俳句特色

俳句是日本诗歌的一种形式，由（"国际化"后经常排列成三行的）五、七、五共十七个音节组成。这种始于十六世纪的诗体，虽几经演变，至今仍广为日本人喜爱。它们或纤巧轻妙，富诙谐之趣味；或恬适自然，富闲寂之趣味；或繁复鲜丽，富彩绘之趣味。俳句具有含蓄之美，旨在暗示，不在言传，简短精练的诗句往往能赋予读者丰富的联想空间。法国作家罗兰·巴特（Roland Barthes）说俳句是"最精练的小说"，

而有评论家把俳句比作一口钟，沉寂无声。读者得学做虔诚的撞钟人，才听得见空灵幽玄的钟声。

俳句的题材最初多半局限于客观写景，每首诗中通常有一"季题"，使读者与某个季节产生联想，唤起明确的情感反应。试举几位名家之句：

我看见落花又回到枝上——啊，蝴蝶

——荒木田守武

如果下雨，带着伞出来吧，午夜的月亮

——山崎宗鉴

海暗了，鸥鸟的叫声微白

——松尾芭蕉

刈麦的老者，弯曲如一把镰刀

——与谢芜村

露珠的世界：然而在露珠里——争吵

——小林一茶

他洗马，用秋日海上的落日

——正冈子规

这些俳句具有两个基本要素：外在景色和刹那的顿悟。落花和蝴蝶，月光和下雨，镰刀和刈麦，露珠和争吵，落日和洗马，海的颜色和鸟的叫声，这类静与动的交感，使这极短的诗句具有流动的美感，产生令人惊喜的效果，俳句的火花（罗兰·巴特所谓的"刺

点"〔punctum〕）往往就在这一动一静之间迸发出来。

一茶一生留下总数两万以上的俳句。命运悲凉的一茶对生命有丰富体认，无情的命运反而造就他有情的性格。虽被通称为"一茶调"，他的俳句风格多样，既写景也叙情，亦庄亦谐，有爱憎有喜怒，笑中带泪，泪中含笑。他的诗是他个人生活的反映，摆脱传统以悠闲寂静为主的俳风，赤裸率真地表现对生活的感受。他的语言简朴无饰，浅显易懂，经常运用拟人法、拟声语，并且灵活驱使俗语、方言；他虽自日常生活取材，但能透过独到的眼光以及悲悯的语调，呈现一种动人的感性。他的苏格兰籍译者说他是日本的彭斯[1]，他的美国籍译者诗人哈斯（Robert Hass）说他是微型的惠特曼或聂鲁达，认为他的幽默、哀愁、童年伤痛、率真、直言，与英国小说家狄更斯[2]有几分类似。

一茶曾说他的俳风不可学，相对地，他的俳风也非学自他人。他个人的经历形成了他独特的俳句风格。那是一种朴素中带伤感，诙谐中带苦味的生之感受。他悲苦的生涯，使他对众生怀抱深沉的同情：悲悯弱者，喜爱小孩和小动物。他的俳句时时流露出纯真的童心和童谣风的诗句，也流露出他对强者的反抗和憎恶，对世态的讽刺和揭露，以及自我嘲弄的生命态度——不是乐天，不是厌世，而是一种甘苦并蓄又超然旷达

1　Robert Burns，1759—1796，苏格兰著名"农民诗人"。
2　Charles Dickens，1812—1870。

的自在。他的诗贴近现实，不刻意追求风雅，真诚坦率地呈现多样的生活面貌和情感层面，语言平易通俗，不矫揉造作，自我风格鲜明，读来觉得富有新意，也易引起共鸣。

让我们先从几首以古池、古井或青蛙为题材的俳句说起：

古池——
青蛙跃进：
水之音

　　　　　　　　　　　——松尾芭蕉

古井：
鱼扑飞蚊——
暗声

　　　　　　　　　　　——与谢芜村

古池——
"让我先！"
青蛙一跃而入……

　　　　　　　　　　　——小林一茶

第一首是十七世纪俳句大师松尾芭蕉的名作。在此诗，他将俳句提升成精练而传神的艺术形式，把俳句带入新的境界。他从水声，领悟到微妙的诗境：在第一行，芭蕉给我们一个静止、永恒的意象——古池；

在第二行，他给我们一个瞬间、跳动的意象——青蛙，而衔接这动与静、短暂和永恒的桥梁便是溅起的水声了。这动静之间，芭蕉捕捉到了大自然的禅味。在芭蕉的诗里，青蛙是自然中的一个客观物体，引发人类悟及大自然幽远的禅机。写诗又画画的十八世纪俳句大师与谢芜村擅长对自然景物作细腻的观察和写生式的描绘，上面第二首他的俳句显然是芭蕉之作的变奏，以三个词组呈现古井中鱼扑飞蚊的情境——结尾的"暗声"，顿时削弱了先前动的元素，让整首诗宛若一幅静物画。而第三首小林一茶诗中的青蛙不再臣属于人类（虽然诗的视点仍是以人为中心），而是被拟人化，被俏皮地赋予个性，被提升到与人类平行的位置，使人类与动物成为"生物联合国"里平起平坐的会员，一如他另一首"蛙俳"所示："向我挑战比赛瞪眼——一只青蛙。"

师法（甚至模仿）前辈大师，本身就是俳句传统的一部分。在有限的形式里做细微的变化，是俳句的艺术特质之一。与其说是抄袭、剽窃，不如说是一种向前人致敬的方式，一种用典、翻转、变奏。但一茶的变奏往往带着诙谐的颠覆性——抢先展现跳水动作的一茶的青蛙，把相对寂寥、幽深的芭蕉与芜村的古池、古井，翻转成嬉闹之场景。

与谢芜村有一首俳句："端坐望行云者，是蛙哟"——这只"正襟危坐"的青蛙，到了一茶笔下，

就风趣地变成陶渊明式的隐者或寻找灵感的诗人：

悠然见南山者，是蛙哟

看起来正在构思一首星星的诗——这只青蛙

一茶另有一首著名的"蛙俳"：

瘦青蛙，别输掉，一茶在这里！

这是一茶看到一只瘦小的青蛙和一只肥胖的青蛙比斗时（日本旧有斗蛙之习）所写的俳句，显然是支援弱者之作，移情入景，物我一体，颇有同仇敌忾之味。

在现实生活中是贫困弱势者的一茶，在作品里时常流露对与他同属弱势之人和自然万物的怜爱与悲悯：

放假回家，刚入门，未见双亲先垂泪的用
　　人们……

下雪的夜晚：路边小贩——僵冷得貌似
　　七十岁……

被称为"见世女郎"的卖春女，啊，没见过
　　煤与炉火

别打那苍蝇，它在拧手它在扭脚呢

五寸钉——松树扑簌扑簌落泪

对于虱子，夜一定也非常漫长，非常孤寂

鱼不知身在桶中——在门边凉快着

一茶少年时期即离开家乡，自谋生计。他从不讳言自己生活艰苦，他羡慕那在母亲面前说"这是我的年糕，这也是我的年糕……一整列都是呢"的幸福小孩，因为他自己从小就失去母亲，长大成人后经常断炊，一心盼着邻居善心接济（"邻居是不是拿着年糕，要来我家了？"）。除了贫苦，孤单寂寞是一茶诗作里另一个常见的主题：

来和我玩吧，无爹无娘的小麻雀

躺着像一个"大"字，凉爽但寂寞啊

元旦日——不只我是无巢之鸟

下一夜下下一夜……同样是一个人在蚊帐内

12

一茶为自己贫苦、多波折的人生写下许多看似语调清淡，实则对生之孤寂、挫败、无奈充满深切体悟的诗句，读之每令人神伤：

四十九年浪荡荒芜——月与花

无须喊叫，雁啊不管你飞到哪里，都是同样
　的浮世

何喜何贺？马马虎虎也，俺的春天

啊，银河——我这颗星，今夜要借宿何处？

杜鹃鸟啊，这雨只落在我身上吗？

六十年无一夜跳舞——啊盂兰盆节

了解一茶的人生际遇之后，再读一茶的俳句，脑海常会不自觉地出现"安贫乐道"这类字眼。生活贫困的一茶有时虽不免自怜自艾，但在更多时候，生之磨难与无常教他体会瞬间即逝的短暂喜悦何其美好："真不可思议啊！像这样，活着——在樱花树下"，教他懂得苦中作乐，以幽默、自嘲稀释生之磨难，在遭遇小说家亨利·詹姆斯（Henry James）所谓"连舒伯特

都无言以对"的生命情境时，仍为自己找寻值得活下去的理由或生之趣味：

个个长寿——这个穷村庄内的苍蝇，跳蚤，
蚊子

米袋虽空——樱花开哉！

柴门上代替锁的是——一只蜗牛

成群的蚊子——但少了它们，却有些寂寞

美哉，纸门破洞，别有洞天看银河！

冬日幽居：冬季放屁奥运会又开始了……

即便晚年住屋遭祝融之灾，栖身"土藏"中，他也能自嘲地写出"火烧过后的土，热烘烘啊热烘烘跳蚤闹哄哄跳……"这种节庆式的诗句。

对于困顿的人生，再豁达的一茶也无法照单笑纳、全纳一切苦痛。遗产事件落幕后，年过半百的一茶回乡娶妻、生儿育女，期盼苦尽甘来，从此安享恬静的家居生活——难得的愉悦清楚流露于当时所写的诗作中：

雪融了，满山满谷都是小孩子

猫头鹰！抹去你脸上的愁容——春雨

她一边哺乳，一边细数她孩子身上的蚤痕

但没想到命运弄人，二子一女皆夭折。一茶在《俺的春天》中如此叙述丧女之痛："她母亲趴在孩子冰冷的身上呻吟。我了解她的痛苦，但我也知道流泪是无用的，流过桥下的水一去不复返，枯萎的花朵也凋零不复开放。然而，无论我多么努力，都无法断解人与人之间的亲情之结。"在一岁多的爱女病逝后，他写下这首言有尽而悲无穷的俳句：

露珠的世界是露珠的世界，然而，然而……

他知道人生就像晨光中消散的露珠，虚空而短暂（"白露闪闪，大珠小珠现又消……"），死亡是生之必然（"此世，如行在地狱之上凝视繁花"），"然而，然而……"啊，他不明白为何老天独独对他如此残忍，生活上的匮乏他可以豁达超脱（"受苍蝇和跳蚤貌视欺凌——一天又过去了"[蚤蝇にあなどられつつけふも暮ぬ]），幽默自嘲以对（"寒舍的跳蚤消瘦得这么快——我之过也"），但连最起码的人伦之爱也一而再地被

无情剥夺，他无法理解这样的生命法则，他无从反抗，也不愿顺从。寥寥数语道出了他无语问苍天的无奈悲凉与无声抗议。后来他的妻子和第三个儿子也相继过世，残酷地应验了他当年新年时所写的诗句："一年又春天——啊，愚上又加愚"——跌跌撞撞在人世间前进，最终一事无成，又回到原点。

一次次丧失至亲的一茶写了许多思念亡妻亡儿之作：

秋风：啊，以前她喜欢摘的那些红花

中秋之月——她会爬向我的餐盘，如果她
　　还在

蝉唧唧叫着——如此炽烈之红的风车

热气蒸腾——他的笑脸在我眼中萦绕……

我那爱唠叨的妻啊，恨不得今夜她能在眼前
　　共看此月

秋日薄暮中只剩下一面墙听我发牢骚

就像当初一样，单独一个人弄着过年吃的年

糕汤……

触景伤情的一茶，眼中所见的自然万物都成为内心苦闷的象征。然而，在许多时候，大自然却也是一茶寻找慰藉的泉源，他欣赏万物之美（"露珠的世界：大大小小粉红石竹花上的露珠！""春风，以尾上神社之松为弦欢快奏鸣""即便是蚤痕，在少女身上也是美的"），赋予它们新的形、色、美感，也从中撷取生之动力与启示。

譬如夏、秋之蝉，其幼虫在地底蛰伏少则三五年，多则十七年，历经数次蜕皮才羽化为"成虫"，然而蝉的寿命却仅有二至四周，蝉放声歌唱，或许是想在短暂如朝露的一生凸显自己存在的价值，而一茶觉得人生亦当如是：

露珠的世界中露珠的鸣唱：夏蝉

脸上仰坠落，依然歌唱——秋蝉

譬如蜗牛，这温吞吞的慢动作派小动物无法理解蝴蝶的快速飞行（"蜗牛想：那蝴蝶气喘吁吁急飞过也太吵了吧"），而自己或许正不自觉地朝富士山前行。一茶勉励小蜗牛一步一步爬，终有抵达之日，写出"龟兔赛跑"和"愚公移山"的主题变奏：

小蜗牛，一步一步登上富士山吧

　　譬如樱花，自然之美赏心悦目，让身心得以安顿，所以二十六岁的一茶写出了"这乱哄哄人世的良药——迟开的樱花"，而历经更多人生磨难之后，五十六岁的一茶将赏花此一日常活动提升到象征的层次，赋予其更深刻的意义："在盛开的樱花树下，没有人是异乡客"——大自然的美，譬如盛开的樱花树，可以柔化人间的愁苦，使所有置身美的国度的人变成同胞、家人，再没有异乡人流离失所的孤独与困顿感。诗歌扩大了美的半径，以透明、诗意的戳印、水印，将我们安于更宽广的生命之圆里，安于美的共和国温柔的护照上。

　　喜欢大自然、具有敏锐观察力的一茶写了数以千计首以小动物、昆虫、植物为题材的诗。据学者统计，一茶以昆虫为"季题"的俳句近一千七百首，是古今俳句诗人中咏虫最多者。一茶俳句中出现最多次的昆虫季题，包括蝶（299句）、萤（246句）、蚊（169句）、蛩（蟋蟀，113句）、蚤（106句）、蝇（101句）、蝉（94）、虫（83句）、蜻蜓（59句）、蜗牛（59句）……此处试举数例：

　　蝶——
　　春日第一只蝴蝶：没跟主人打招呼，就直接

闯进客厅壁龛！

院子里的蝴蝶——幼儿爬行，它飞翔，他爬，
　它飞……

蝴蝶飞舞——我一时忘了上路

萤——
被擦鼻纸包着——萤火虫依然发光

再而三地逗弄逗弄我们——一只飞萤

以为我的衣袖是你爹你娘吗？逃跑的萤火虫

蚊——
何其有幸！也被今年的蚊子尽情叮食

凉爽天——我的妻子拿着杓子追蚊子……

蛬（蟋蟀）——
蟋蟀，翘起胡须，自豪地高歌……

蟋蟀的叫声遮蔽了夜里我在尿瓶里尿尿的
　声音……

蚤——

放它去吧，放它去！跳蚤也有孩子

良月也！在里面——跳蚤群聚的地狱

混居一处——瘦蚊，瘦蚤，瘦小孩……

蝇——

故乡的苍蝇也会刺人啊

人生最后一觉——今天，他同样发声驱赶
　苍蝇……

蝉——

蝉啊，你也想念你妈妈吗？

第一声蝉鸣："看看浮世！看哪！看哪！"

蜻蜓——

远山在它眼里映现——一只蜻蜓

红蜻蜓——你是来超度我辈罪人吗？

此外他也把一些前人未曾写过的动物写进俳句里，

譬如蠹虫、海参、虎蛾:

不是鬼，不是菩萨——只是一只海参啊

慌忙逃跑的蠹虫，包括双亲与孩子……

刚好在我熄灯时过来——一只虎蛾

一茶十分擅长的拟人化手法赋予平凡无奇的日常事物灵动的生命力和无限的童趣，因此他笔下的许多动、植物会说话、听话，有表情，有感情，会思考，会抱怨，会做梦，会恋爱，也会伤心，他似乎听懂了它们的语言，融入了它们的世界，常忘我地与它们对话:

尿尿打哆嗦——蟋蟀一旁窃笑

沾了一身的油菜花回来——啊，猫的恋爱

如果有人来——快伪装成蛙吧，凉西瓜！

蚊子又来我耳边——难道它以为我聋了？

足下何时来到了我的足下——小蜗牛？

蟾蜍，被桃花香气所诱，大摇大摆爬出来

雁与鸥大声吵嚷着——"这是我的雪！"

蜂儿们嗡嗡嗡嗡地说：瓜啊，快长快长快
　　长大……

闪电——蟾蜍一脸关他屁事的表情

蟾蜍！一副能嗝出云朵的模样

小麻雀啊，快往旁边站！马先生正疾驰而过

屋角的蜘蛛啊，别担心，我懒得打扫灰尘……

虫儿们，别哭啊，即便相恋的星星也终须
　　一别

　　一茶是文字游戏的高手，非常注重字质、音质，
饱含情感，又富理趣。他善用拟声、拟态或重复堆叠
的字词，以及近音字、谐音字，让俳句的形式和音韵
展现平易又多姿的风貌：

　　"狗狗，过来过来！"——蝉这么叫着

雪融了：今夜——胖嘟嘟，圆嘟嘟的月亮

下下又下下，下又下之下国——凉快无上啊！

火烧过后的土，热烘烘啊热烘烘跳蛋闹哄
哄跳……

他常借极简的数字代替文字叙述，赋予所描绘的
景象奇妙的动感，让传统的诗型产生今日动画或图象
诗的效果，或者数学的趣味：

初雪—— 一、二、三、四、五、六人

两家，三家，四家……啊，风筝的黄昏！

雨三滴，三、四只萤火虫……

五月雨——借到了第五千五百支伞

一茶也是意象大师，他的许多意象充满令人讶异
的巧思：历经磨难的一茶悟出"此世，如行在地狱之
上凝视繁花"；在长女夭折后，听着不止的蝉鸣，止
不住的伤恸在心中盘旋，仿佛旋转不停的火红风车：
"蝉唧唧叫着——如此炽烈之红的风车"；"放生会"

23

上重获自由的各色鸟儿，仿佛化作繁花在树上重生：
"放生会：各色鸟繁花般在树上展翅"；饥肠辘辘如
雷声隆隆："夏日原野——一阵雷声回响于我的空腹
里……"；吹拂松树的风竟然让他联想起相扑选手："三
不五时像相扑选手般翻滚过来……一阵松风"；被雨
水淋湿而身形毕露的人仿佛和马一样赤身裸体："骤雨：
赤裸的人骑着赤裸的马"——非常"超现实"的画面！

他的诗看似平淡实富深意，常常蕴含洞见，揭示
我们身在其中而没有发现的生命情境，让人惊心、动心：

露珠的世界：然而在露珠里——争吵

人生如朝露，瞬间即破，而一茶把整个争吵、喧
闹的世界置放于小小的露珠里，这是何等巨大的张力
和讽刺！

一茶写诗自成一格，无规矩可言。他不受任何规
范束缚，也不认为自己打破了什么陈规或超越了什么
藩篱。他的独特性格、人生经历、生之体悟和当下的
真实感受，便是他的写作原则，他因此赋予了自己绝
对的创作自由，赋予同样的事物多样的风情。看到白
茫茫的雪，他感受到生之愉悦（"雪轻飘飘轻飘飘地
飞落——看起来很可口""初雪———一、二、三、四、
五、六人"），生之凄冷（"下雪，草鞋：在路上""这
是我终老埋身之所吗——雪五尺"），更发现生之趣
味（"一泡尿钻出一直穴——门口雪地上"）。他将

神圣的佛教元素，与粗鄙的世俗事物并置，在看似矛盾间呈现出再真实不过的现实人生，形成某种耐人玩味的张力："一边咬嚼跳蚤，一边念南无阿弥陀佛！"（蚤嚙んだ口でなむあみだ仏哉）；"黄莺一边尿尿，一边念妙法莲华经……""流浪猫把佛陀的膝头当枕头""高僧在野地里大便——一支阳伞"。他百无禁忌，邀大自然的朋友观赏他尿尿的自然景观：

　　请就位观赏我的尿瀑布——来呀，萤火虫

　　对他而言，"从大佛的鼻孔，一只燕子飞出来哉"，不是亵渎，而是日常、有趣之景；通常与神佛产生联想的高洁莲花也可以是"被弃的虱子们的收容所"；即便是一根卑微的小草也"迎有凉风落脚"，即便是乞丐居住的破落寮棚也有权利高挂美丽的风筝彩带，因为众生平等：

　　一只美丽的风筝在乞丐寮棚上空高飞

　　有人的地方，就有苍蝇，还有佛

　　黄莺为我也为神佛歌唱——歌声相同

　　八月十五的月明明白白照着我的破烂房子

一代一代开在这贫穷人家篱笆——啊，木
槿花

以超脱的率真和诙谐化解贫穷、孤寂的阴影，泯
灭强与弱、亲与疏、神圣与卑微的界限，这或许就是
一茶俳句最具魅力的地方。

一茶一生信仰净土宗。净土宗是日本最大的佛教
宗派，依照阿弥陀佛的第十八愿"念佛往生"，认为
一心专念弥陀名号，依仗阿弥陀佛的愿力，就能感应
往生净土，死后于彼岸、西方乐土获得重生。一茶在
他的某些俳句中呈示了这类宗教信念，时常将自然万
物与念佛之事结合，似乎相信念佛声回荡于整个世界：

小麻雀对着一树梅花张嘴念经哉

单纯地说着信赖……信赖……露珠一颗颗
掉下

在清晨的露珠中练习谒见净土……

随露水滴落，轻轻柔柔，鸽子在念经哉

一茶也认为世界充满了欲望与贪念，而在佛教教
义中那正是人类苦难的源头：

樱花树盛开——欲望弥漫浮世各角落

在一茶的时代，"浮世"每指浮华、欢愉之尘世，但亦含佛教所称"短暂、无常人世"之原意。一茶觉得世人似乎鲜少察觉死亡之将近，以及死后之果报：

此世，如行在地狱之上凝视繁花

露珠四散——今天，一样播撒地狱的种子

而一茶对念佛之人或佛教绘画有时语带嘲讽：

一边打苍蝇一边念南无阿弥陀佛

地狱图里的围栏上，一只云雀歌唱

随着年岁增长，一茶相信佛并非仅存于彼岸西方乐土："有人的地方，就有苍蝇，还有佛""好凉快啊！这里一定是极乐净土的入口""凉风的净土即我家"……他对"未来"也许不免仍有疑惧："我不要睡在花影里——我害怕那来世"，但净土的意象助他心安。一茶死后，据说他的家人在其枕下发现底下这首诗，这或许是他的辞世之诗，他给自己的挽歌：

谢天谢地啊，被子上这雪也来自净土……

二十世纪的西方诗坛自俳句汲取了相当多的养分：准确明锐的意象、跳接的心理逻辑、以有限喻无限的暗示手法等等：1910 年代的意象主义运动即是一个显明的例子。从法语、英语到西班牙语、瑞典语……我们可以找到不少受到俳句洗礼的诗人——法国的勒纳尔（Jules Renard，如《萤火虫》——这月亮掉在草地上！），美国的史蒂文斯（Wallace Stevens，如《十三种看黑鸫的方法》）、庞德（Ezra Pound，如《地下铁车站》——人群中这些脸一现：黑湿枝头的花瓣），墨西哥的塔布拉答（José Juan Tablada，如《西瓜》——夏日，艳红冰凉的笑声：一片西瓜）等皆是。2011 年诺贝尔文学奖得主、瑞典诗人特朗斯特罗姆（Tomas Tranströmer），在年轻时就对俳句深感兴趣，从 1959 年写的"监狱俳句"到 2004 年出版的诗集《巨大的谜》，总共发表了六十五首"俳句诗"（Haikudikter）。

周作人在 1920 年代曾为文介绍俳句，他认为这种抒写刹那印象的小诗颇适合现代人所需。我们不必拘泥于五—七—五、总数十七字的限制，也不必局限于闲寂或古典的情调，我们可以借用俳句简短的诗型，写所见所闻、所思所感。事实上，现代生活的许多经验皆可入诗，而一首好的短诗也可以是一个自身俱足的小宇宙，由小宇宙窥见大世界，正是俳句的趣味所在。

在最为世人所知的三位日本古典俳句大师中，松尾芭蕉一生创作了约千首俳句，与谢芜村数量达三千，小林一茶则多达两万两千首。陈黎先前曾中译二三十

首一茶俳句，且在 1993 年写了一首以"一茶"为题的诗与名为"一茶之味"的散文，似乎与一茶略有关系，但一直到此次投入《这世界如露水般短暂：小林一茶俳句 300》的翻译工作，方知先前只是浅尝。此次，借广大网络资源与相关日、英语书籍之助，得以有效地在阅览成千上万首一茶俳句后，筛选、琢磨出三百四十首一茶作品中译，结集出版，应该算更能略体一茶之味了。陈黎尝试写作"中文俳句"多年，以《小宇宙》书名，陆续于 1993、2006、2016 年出版了二百六十六首"现代中文俳句"。二十几年持续实验，在形式与思想的破格、求新上，竟有许多与一茶不谋而合或异曲同工处。这大概就是所谓"诗的家庭之旅"了——以诗、以译，赓续并且重复我们的家族诗人已完成或未完成的诗作：赓续，并且重复，用我们自己的方式。

"春立や弥太郎改め一茶坊"（一年又春天——弥太郎成了诗僧一茶），这是一茶追忆自己从弥太郎变成俳谐师"一茶坊"的一首俳句。何以以"一茶坊"为俳号？一茶在他《宽政三年纪行》一作开头说："信浓国中有一隐士。胸怀此志，将宇宙森罗万象置放于一碗茶中，遂以'一茶'为名。"英国诗人布莱克（William Blake, 1757—1827）说"一沙一世界／一花一天堂"（To see a World in a Grain of Sand / And a Heaven in a Wild Flower），与他同一年过世的小林一茶则是"一茶（一碗茶或一茶碗）一宇宙"，以无常之观视人生为一碗茶，一碗瞬间即逝的泡沫，茶碗里的风暴。

一茶的俳号一茶，一茶的每一首诗也是一茶——一碗茶，一个映照宇宙森罗万象的小宇宙。这似乎与陈黎企图通过俳句此一微小诗型，形塑"比磁／片小，比世界大：一个／可复制，可覆盖的小宇宙"（陈黎《小宇宙》第二百首）之意念遥相呼应。

日本著名俳句学者、作者山下一海曾各以一字概括日本古典俳句三巨头诗作特征：芭蕉——"道"；芜村——"艺"；一茶——"生"。一茶的确是一位诗句生意盎然，充满生活感、生命感的"生"之诗人，两万首俳句处处生机，如众生缩影——"包容那幽渺的与广大的／包容那苦恼的与喜悦的／包容奇突／包容残缺／包容孤寂／包容仇恨……"——或可挪用陈黎写让他感觉"万仞山壁如一粒沙平放心底"的家乡太鲁阁峡谷之诗，如是描绘包容生与死的一茶的诗的巨大峡谷。

陈黎《小宇宙》第一百三十一首如是说：

一茶人生：
在茶铺或
往茶铺的途中

人生如一茶，如一碗又一碗茶，而一茶以他"一茶坊"的诗句让我们饮之、味之，让我们在"一茶"中体会宇宙星罗万象的趣味与气味。读者诸君，你们也和我们一样，正在茶铺，或正在前往一茶茶铺／一

茶坊——的路上吗？读一茶的俳句，不费力气，却令人心有戚戚焉。一茶的味道是生活的味道：愁苦、平淡的人生中，一碗有情的茶。

陈黎　张芬龄
2018 年 5 月 台湾花莲

1   春风——

　　侍女的

　　短刀……

☆春風や供の女の小脇差（年代不明）

harukaze ya / tomo no onna no / ko wakizashi

2   新春吃硬物健齿延寿

　　比赛——猫获胜，

　　咪咪笑……[1]

☆歯固は猫に勝れて笑ひけり（年代不明）

hagatame wa / neko ni katarete / warai keri

1　歯固，日本的健齿风俗，于正月头三天吃糯米饼、干栗子、萝卜等硬物，因齿有"龄"之意，故以之寓祝健康长寿之意。

3   小蜗牛，

一步一步登上

富士山吧

☆蝸牛そろそろ登れ富士の山（年代不明）

katatsuburi / soro soro nobore / fuji no yama

4   春日第一只蝴蝶：

没跟主人打招呼，就直接

闯进客厅壁龛！

☆はつ蝶や会釈もなしに床の間へ（年代不明）

hatsu chō ya / eshaku mo nashi ni / tokonoma e

5　　院子里的蝴蝶——

　　　幼儿爬行，它飞翔，

　　　他爬，它飞……[1]

☆庭のてふ子が這へばとびは這へばとぶ（年代不明）

niwa no chō / ko ga haeba tobi / haeba tobu

6　　世间的蝴蝶

　　　照样得从早到晚

　　　辛劳不停……

☆世の中は蝶も朝からかせぐ也（年代不明）

yo no naka wa / chō mo asa kara / kasegu nari

1　这首著名的俳句生动地刻绘了一个在地上爬的婴儿，想
要接近或到达在其头上飞的蝴蝶而不可得的情景。一茶曾为
此诗作画。

7　　凉爽天——

　　　　我的妻子拿着杓子

　　　　追蚊子……

　　☆涼しさは蚊を追ふ妹が杓子哉（年代不明）

　　suzushisa wa / ka wo ou imo ga / shakushi kana

8　　凉哉，

　　　　一扇挥来

　　　　千金雨……[1]

　　☆涼しさや扇でまねく千両雨（年代不明）

　　suzushisa ya / ōgi de maneku / senryō ame

1　一茶曾以毛笔书写此俳句，署名"俳谐寺一茶"。

36

9   他穿过拥挤的人群，

      手持

      罂粟花

☆けし提て群集の中を通りけり（年代不明）

keshi sagete / gunshū no naka wo / tōri keri

10   尽善

      尽美矣……

      即便一朵罂粟花 [1]

☆善尽し美を尽してもけしの花（年代不明）

zen tsukushi / bi wo tsukushite mo / keshi no hana

---

1 此诗呼应英国诗人布莱克的诗句"一花一天堂"，又下启法国诗人波德莱尔的"恶之花"。

11   白露闪闪，

大珠小珠

现又消……[1]

☆白露の身にも大玉小玉から（年代不明）

shira tsuyu no / mi ni mo ōtama / ko tama kara

12   跟人一样——

没有任何稻草人

能屹立不倒……

☆人はいさ直な案山子もなかりけり（年代不明）

hito wa isa / suguna kagashi mo / nakari keri

1　闪闪露珠既是美的化身，也是一切短暂、瞬间即逝事
物的象征。大珠小珠落大地的玉盘，为众生书写透明的
墓志铭。

13   中秋圆月——

用外套遮掩

欲望和尿

☆名月や羽織でかくす欲と尿（年代不明）

meigetsu ya / haori de kakusu / yoku to shito

14   老鼠啊

不要把尿撒在

我的旧棉被

☆鼠らよ小便無用古衾（年代不明）

nezumira yo / shōben muyō / furubusuma

15   黄莺

一边尿尿，

一边念妙法莲华经……

☆鶯や尿しながらもほつけ経（年代不明）
uguisu ya / shito shi nagara mo / hokkekyō

16   古池——

"让我先！"

青蛙一跃而入……[1]

☆古池や先御先へととぶ蛙（年代不明）
furu ike ya / mazu osaki e to / tobu kawazu

1　此诗是松尾芭蕉名句"古池——青蛙跃进：水之音"
的变奏。

17   傍晚的柳树

       向洗濯的老婆婆

       弯身致意……

☆洗たくの婆々へ柳の夕なびき（年代不明）

sentaku no / baba e yanagi no / yū nabiki

18   尿尿打

       哆嗦——蟋蟀

       一旁窃笑

☆小便の身ぶるひ笑へきりぎりす（年代不明）

shōben no / miburui warae / kirigirisu

19   当我死时

　　　照看我坟——

　　　啊，蟋蟀

☆我死なば墓守となれきりぎりす（年代不明）

ware shinaba / haka mori to nare / kirigirisu

20   从现在起，不知

　　　还要开多少回呢……

　　　松树的花 [1]

☆是からも未だ幾かへりまつの花（1787）

kore kara mo / mada ikukaeri / matsu no hana

1　此诗被推论为目前所知一茶最早发表的俳句，收录于
1787 年信州出版，祝贺居住于信州佐久郡上海濑的新海
米翁八十八岁寿辰的纪念集《真左古》（まさご）里。

21　青苔的花在

　　它小裂缝里长出来——

　　地藏菩萨石像

☆苔の花小疵に咲や石地蔵（1788）

koke no hana / ko kizu ni saku ya / ishi jizō

22　蝴蝶飞舞——

　　我一时

　　忘了上路

☆舞蝶にしばしは旅も忘けり（1788）

mau chō ni / shibashi wa tabi mo / wasure keri

23 放生会：各色鸟

  繁花般

  在树上展翅 [1]

 ☆色鳥や木々にも花の放生会（1788）

irodori ya / kigi ni mo hana no / hōjōe

24 孤独——

  四面八方都是

  紫罗兰……

 ☆淋しさはどちら向ても菫かな（1788）

sabishisa wa / dochira muite mo / sumire kana

---

1 放生会，基于佛教不杀生、不食肉的戒条，将捕获到的生物放生到池塘或者野外的法会。

25　　今天即便象潟

也不觉幽怨……

繁花之春 [1]

☆象潟もけふは恨まず花の春（1789）

kisagata mo / kyō wa uramazu / hana no haru

26　　这乱哄哄人世的

良药——

迟开的樱花

☆騒がしき世をおし被つて遅桜（1789）

sawagashiki / yo wo oshi haratte / osozakura

1　象潟，位于今日本秋田县由利郡、面日本海之名胜，
乃因地陷而形成之海湾。诗人松尾芭蕉曾于1689年到此
游历，一茶此诗恰写于一百年之后，呼应芭蕉《奥之细道》
第31章"象潟"中"松岛は笑ふがごとく、象潟は恨
むがごとし"（松岛含笑，象潟幽怨），"象潟や雨に
西施がねぶの花"（象潟雨湿 / 合欢花: 西施 / 眉黛愁锁）
等诗文。

45

27   喝醉后，连说话

都颠三倒四

像重瓣的樱花

☆酔つてから咄も八重の桜哉（1789）

yotte kara / hanashi mo yae no / sakura kana

28   三文钱：

望远镜下所见

一片雾茫茫 [1]

☆三文が霞見にけり遠眼鏡（1790）

san mon ga / kasumi mi ni keri / tōmegane

1　此诗记一茶于宽政二年（1790 年）登江户的汤岛台，
花费"三文钱"使用其上的望远镜观景之事，颇诙谐有趣。

29　　明天再走

　　　最后一里路……

　　　夏夜之月

☆最う一里翌を歩行ん夏の月（1790）

mō ichi ri / asu wo arikan / natsu no tsuki

30　　山寺钟声——

　　　雪底下

　　　闷响

☆山寺や雪の底なる鐘の声（1790）

yamadera ya / yuki no soko naru / kane no koe

31   热气蒸腾——

　　两座坟

　　状似密友 [1]

☆陽炎やむつましげなるつかと塚（1791）

kagerō ya / mutsumashigenaru / tsuka to tsuka

32   手倚青梅上

　　呼呼大睡……

　　啊蛙

☆青梅に手をかけて寝る蛙哉（1791）

aoume ni / te wo kakete neru / kawazu kana

1　此诗为一茶至位于今埼玉县熊谷市的莲生寺参谒，在
莲生、敦盛两人并连之墓前哀悼之作。莲生、敦盛，为《平
家物语》"一谷会战"中描述的平安时代末期两位武将，
生前为敌人。莲生本名熊谷直实，为关东第一武者；敦
盛姿容端丽，擅吹横笛，年仅十五。与直实对阵的敦盛
被打落马下，直实急于割取对手首级，掀敦盛头盔，见
其风雅俊朗，年轻的脸上全无惧色，又见其腰间所插横
笛，乃知昨夜敌阵传来之悠扬动人笛声乃其所吹奏。直
实不忍杀之，请其快逃，为敦盛所拒。直实为免敦盛受
他人屈辱，遂取敦盛首级，潸然泪下，拔敦盛腰间之笛，
吹奏一曲，黯然而去。惧敦盛亡魂复仇，直实后落发出家，
法号莲生。

33 我的花友们，

　　下次相逢——

　　不知是何春？

　　☆華の友に又逢ふ迄は幾春や（1791）

　　hana no tomo / ni mata au made wa / ikuharu ya

34 连门前的树

　　也安适地

　　在傍晚纳凉……

　　☆門の木も先つつがなし夕涼（1791）

　　kado no ki mo / mazu tsutsuganashi / yūsuzumi

35   杜鹃鸟啊，

       这雨

       只落在我身上吗？

   ☆時鳥我身ばかりに降雨か（1791）

   hototogisu / waga mi bakari ni / furu ame ka

36   莲花——

       被弃的虱子们的

       收容所……

   ☆蓮の花虱を捨るばかり也（1791）

   hasu no hana / shirami wo suteru / bakari nari

37　　在装饰于门口的

　　　松竹之间——

　　　今年第一道天光 [1]

☆松竹の行合の間より初日哉（1792）

matsu take no / yukiai no ma yori / hatsu hi kana

38　　春风，以

　　　尾上神社之松为弦

　　　欢快奏鸣 [2]

☆春風や尾上の松に音はあれど（1792）

haru kaze ya / onoe no matsu ni / ne wa aredo

1　日本人正月新年期间，各户门口会摆上一些松竹，称
　为"门松"，为年节的装饰，迎神祈福的标志。
2　尾上神社拥有被公认为国家重要文化财产的"尾上之
　钟"，以及源远流长的曲目《尾上之松》。在神社内的"片
　枝之松"也广为人知。

39   牡丹花落,

溅出

昨日之云雨……

☆散ぼたん昨日の雨をこぼす哉（1792）

chiru botan / kinou no ame wo / kobosu kana

40   在夜里

变成白浪吗?

远方的雾

☆しら浪に夜はもどるか遠がすみ（1792）

shiranami ni / yoru wa modoru ka / tōgasumi

41   船夫啊

不要把尿撒在

浪中之月

☆船頭よ小便無用浪の月（1792）

sendō yo / shōben muyō / nami no tsuki

42   夏夜，

以澡堂的风吕敷为被——

旅人入梦[1]

☆夏の夜に風呂敷かぶる旅寝哉（1792）

natsu no yo ni / furushiki kaburu / tabine kana

---

1   风吕敷，日本昔日澡堂里供客人将自己东西包起来的
大块方巾。

43   凉风——

在梦中，

一吹十三里

☆涼しさや只一夢に十三里（1792）

suzushisa ya / tada hito yume ni / jū san ri

44   在京都，

东西南北

尽是艳色单和服[1]

☆みやこ哉東西南北辻が花（1792）

miyako kana / tōzainamboku / tsuji ga hana

---

1 此诗写位于东西南北四方之中心之京都，市中心东西南北大街上，着艳色夏日和服行人，来来往往之盛景。

45　　秋风——

　　　　从东西南北交相

　　　　吹来

☆東西南北吹交ぜ交ぜ野分哉（1792）

tōzainamboku / fuki mazemaze / nowaki kana

46　　父在母在

　　　　我在的——啊，

　　　　美如繁花之日 [1]

☆父ありて母ありて花に出ぬ日哉（1792）

chichi arite / haha arite hana ni / denu hi kana

1　孔子说"父母在，不远游"。父在母在我在——一家
人同在——即是美如繁花之日了！

47   外面是雪

　　里面是煤烟——

　　我的家

　　☆外は雪内は煤ふる栖かな（1792）

soto wa yuki / uchi wa susufuru / sumika kana

48   雨夜：欲眠的心

　　一朵朵数着——

　　花落知多少……[1]

　　☆寝心に花を算へる雨夜哉（1793）

negokoro ni / hana wo kazoeru / amayo kana

---

[1]　此诗应是唐代诗人孟浩然《春晓》一诗（"春眠不觉晓，处处闻啼鸟。夜来风雨声，花落知多少？"）的变奏。

49   她烧着蚊子……

纸烛下，

心爱的她的脸庞 [1]

☆蚊を焼くや紙燭にうつる妹が顔（1793）

ka wo yaku ya / shisoku ni utsuru / imo ga kao

50   秋夜——

旅途中的男人

笨手笨脚补衣衫

☆秋の夜や旅の男の針仕事（1793）

aki no yo ya / tabi no otoko no / harishigoto

1　此诗为一茶俳句中难得一见的情诗。诗中的"她"殆
为旅途中萍水相逢的有情妹。纸烛，将纸捻浸上油的照
明器具，类似油灯。

51   茶烟

　　与柳枝，齐

　　摇曳······[1]

☆茶の煙柳と共にそよぐ也（1794）

cha no kemuri / yanagi to tomo ni / soyogu nari

52   蛙鸣，

　　鸡叫，

　　东方白

☆蛙鳴き鶏なき東しらみけり（1795）

kawazu naki / tori naki higashi / shirami keri

1　此诗大概是一茶诗作中首次出现"茶"一字的俳句。

53　即便在花都京都，

　　也有令人

　　厌倦时……[1]

☆或時は花の都にも倦にけり（1795）

aru toki wa / hana no miyako ni mo / aki ni keri

54　转身

　　向柳树——啊，

　　错过了一位美女……

☆振向ばはや美女過る柳哉（1795）

furimukeba / haya bijo sugiru / yanagi kana

1　京都古来为日本官廷与传统文化的中心，既是樱花、
梅花……繁花盛开之都，也是政经、文化繁华之都。

55   五月雨——借到了

　　　第五千五百支

　　　伞

☆五月雨や借傘五千五百ばん（1795）

samidare ya / kashigasa go sen / go hyaku ban

56   一副神社的御旅所

　　　属于它所有的样子——

　　　那只蜗牛 [1]

☆御旅所を吾もの顔やかたつぶり（1795）

otabisho wo / waga monogao ya / katatsuburi

1　御旅所，日本神社祭礼时，神舆的暂停处。

57　　天广，

地阔，

秋天正秋天……

☆天広く地ひろく秋もゆく秋ぞ（1795）

ten hiroku / chi hiroku aki mo / yuku aki zo

58　　和大家一样

在榻榻米上——

看月亮……[1]

☆人並に畳のうえの月見哉（1796）

hito nami ni / tatami no ue no / tsukimi kana

1　此诗写于宽政八年（1796 年）八月十五夜，是在松
山宜来亭举行的中秋赏月会连吟的"发句"。

59　　下雪，

　　　草鞋：

　　　在路上 [1]

☆降雪に草履で旅宿出たりけり（1796）

furu yuki ni / zōri de tabiyado / detari keri

60　　在元旦日

　　　变成

　　　一个小孩吧！

☆正月の子供に成て見たき哉（1797）

shōgatsu no / kodomo ni natte / mitaki kana

1　此诗描写一茶自己"西国行脚"途中，在下雪的冬日早晨着草鞋步出旅店，继续上路行吟的情景——上接芭蕉《奥之细道》行脚，下启二十世纪美国"垮掉的一代"杰克·凯鲁亚克（Jack Kerouac, 1922—1969）的《在路上》（On the Road）。

61　闪电——

横切过雨中，

让凉意也带电！

☆涼しさや雨をよこぎる稲光り（1798）

suzushisa ya / ame wo yokogiru / inabikari

62　昨夜炉火边

他以微笑

向我道别 [1]

☆炉のはたやよべの笑ひがいとまごひ（1799）

ro no hata ya / yobe no warai ga / itomagoi

1　一茶此诗追忆突然去世的恩人，俳句诗人大川立砂。

63   仿佛为夏天的

山脉洗脸——

太阳出来了

☆夏山に洗ふたやうな日の出哉（1800）

natsu yama ni / arauta yōna / hi no de kana

64   足下何时来到了

我的足下——

小蜗牛？

☆足元へいつ来りしよ蝸牛（1801）

ashi moto e / itsu kitarishi yo / katatsuburi

65   人生最后一觉——

今天，他同样

发声驱赶苍蝇……[1]

☆寝すがたの蠅追ふもけふがかぎり哉（1801）

nesugata no / hae ou mo kyō ga / kagiri kana

66   草上之露

溅着

我这残存者……[2]

☆生残る我にかかるや草の露（1801）

ikinokoru / ware ni kakaru ya / kusa no tsuyu

---

1   一茶的父亲于享和元年（1801 年）4 月病逝。此为收于《父之终焉日记》中，记其父生前最后一日情状之诗。

2   此诗为父亡后一茶之作。草上之露，亦一茶之泪。

67　　倘若父亲还在——

　　　　绿野上同看

　　　　黎明的天色 [1]

　　☆父ありて明ぼの見たし青田原（1801）

　　chichi arite / akebono mitashi / aotahara

68　　一枝，即让

　　　　京都的天空成形——

　　　　啊，梅花

　　☆片枝は都の空よむめの花（1802）

　　kata eda wa / miyako no sora yo / mume no hana

1　一茶此诗追忆父亲生前与其晨起共赏绿野天光之景。

69 "春来了……"

  第一音方出，

  四野皆绿

☆春立といふばかりでも草木哉（1803）

haru tatsu to / iu bakari demo / kusaki kana

70 百合花丛里的

  蟾蜍，一直

  盯着我看

☆我見ても久しき蟾や百合の花（1803）

ware mite mo / hisashiki hiki ya / yuri no hana

71   老脸倚着

　　朝颜花——轻摇

　　花颜如团扇[1]

　　☆朝顔に老づら居て団扇哉（1803）

asagao ni / oizura suete / uchiwa kana

72   夏日之山——

　　每走一步，海景

　　更阔

　　☆夏山や一足づつに海見ゆる（1803）

natsu yama ya / hito ashi zutsu ni / umi miyuru

1　日语中"朝颜"即牵牛花。

73 夏日原野——

  一阵雷声回响于

  我的空腹里……

  ☆空腹に雷ひびく夏野哉（1803）

sukibara ni / kaminari hibiku / natsu no kana

74 汤锅里——

  银河

  历历在目

  ☆汁なべもながめられけり天の川（1803）

shiru nabe mo / nagamerare keri / ama no kawa

75   啊，银河——

　　　　我这颗星，今夜

　　　　要借宿何处？¹

☆我星はどこに旅寝や天の川（1803）

waga hoshi wa / doko ni tabine ya / ama no gawa

76   秋寒：

　　　　所到之处，家家户户

　　　　入门各自媚²

☆秋寒むや行先々は人の家（1803）

akisamu ya / yuku sakizaki wa / hito no ie

<hr/>

1　此诗为一茶写给才貌兼备的女诗人织本花娇(1755?—1810)的恋歌。花娇是一茶唯一的女弟子；丈夫为上总(千叶县)富津村富豪织本嘉右卫门，于1793年病死。一茶二十九岁时(1791)初识伊人。1803年6月，四十一岁的一茶有富津行，写出"うつくしき団扇持けり未亡人"（她手中的団扇／多美啊——／未亡人），以及这首自比为牛郎星，渴望能与彼"织"(本花娇)女聚合的情诗。翌年七月又有富津行，于七夕写成"我星は上総の空をうろつくか"(我这颗星，／在上总上空／徘徊潜行……)一诗。论者以为一茶秘恋、思慕着的花娇，是其"永恒的恋人"。（关于花娇，另见本书第一百五十一首。）

2　一茶此首俳句前书"鹊巢"二字，是受《诗经·召南·鹊巢》一篇"维鹊有巢，维鸠居之……"启发之作。

70

77　　照见同龄人

　　　脸上的皱纹——

　　　啊，灯笼 [1]

☆同じ年の顔の皺見ゆる灯籠哉（1803）

onaji toshi no / kao no shiwa miyuru / tōro kana

78　　一锅

　　　一柳

　　　也春天

☆なべ一ツ柳一本も是も春（1804）

nabe hitotsu / yanagi ippon mo / kore mo haru

1　每年阴历七月十五前后的"盂兰盆节"可谓日本的中元节，是日本重要的传统节日，出门在外的工作者都会于此时返乡团聚祭祖。此处的灯笼应为盂兰盆会时为亡魂所点的灯笼，亦照在生者脸上。

79   在春天

有水的地方

就有暮色流连

☆春の日や水さへあれば暮残り（1804）

haru no hi ya / mizu sae areba / kure nokori

80   蟾蜍，被

桃花香气所诱，

大摇大摆爬出来

☆福蟾ものさばり出たり桃の花（1804）

fukubiki mo / nosabari detari / momo no hana

81　小麻雀

　　对着一树梅花张嘴

　　念经哉

☆雀子も梅に口明く念仏哉（1804）

suzumego mo / ume ni kuchi aku / nenbutsu kana

82　梅香诱人——

　　来客无论是谁

　　唯破茶碗招待……

☆梅がかやどなたが来ても欠茶碗（1804）

ume ga ka ya / donate ga kite mo / kake chawan

83   西瓜已经放了两天，

更清凉了——

仍没有人来……

☆冷し瓜二日立てども誰も来ぬ（1804）

hiyashi uri / futsuka tatedo mo / dare mo konu

84   高僧在野地里

大便——

一支阳伞[1]

☆僧正が野糞遊ばす日傘哉（1804）

sōjō ga / noguso asobasu / higasa kana

1　此诗将"神圣"的高僧与粗鄙的粪便并列，造成一种
矛盾、怪异、快意的调和，真是"道在屎溺"！日本小
说家永井荷风说西方文学自希腊、罗马以降，虽然甚猛，
但少见像一茶这样，能将"放屁、小便、野粪"等身体
垢腻大胆诗意化的。

85　啄木鸟也沉浸在

晚霞中——啊，

是红叶……

☆啄木も日の暮かかる紅葉哉（1804）

kitsutsuki mo / hi no kure kakaru / momiji kana

86　米袋虽

空——

樱花开哉！

☆米袋空しくなれど桜哉（1805）

komebukuro / munashiku naredo / sakura kana

87   两家，三家，四家……

啊，风筝的

黄昏！ [1]

☆家ニツ三ツ四ツ凧の夕哉（1805）

ie futatsu / mitsu yotsu tako no / yūbe kana

88   鼻贴

木板围墙——

凉哉

☆板塀に鼻のつかへる涼哉（1805）

itabei ni / hana no tsukaeru / suzumi kana

---

1   此诗以数字层递，描写风筝之渐飞渐高，有趣又富动感！

89   朝霞红通通：

      使你心喜吗，

      啊蜗牛？

　☆朝やけがよろこばしいかかたつぶり（1805）

asayake ga / yorokobashii ka / katatsuburi

90   蜗牛想：那蝴蝶

      气喘吁吁急飞过

      也太吵了吧

　☆蝸牛蝶はいきせきさはぐ也（1805）

katatsuburi / chō wa ikiseki / sawagu nari

91 　啄木鸟

　　　纹风不动工作——

　　　直到日落

☆木つつきや一ッ所に日の暮るる（1805）

kitsutsuki ya / hitotsu tokoro ni / hi no kururu

92 　潺潺小川

　　　凉清酒……

　　　啊，木槿花 [1]

☆酒冷すちよろちよろ川の槿哉（1805）

sake hiyasu / chorochoro kawa no / mukuge kana

1　此处中译第二行"凉"字，应为动词。

93   孤寂的牵牛花只剩

两片叶子：

春寒

☆二葉から朝顔淋し春の霜（1806）

futaba kara / asagao sabishi / haru no shimo

94   即便树下的草

闻起来也是香的——

啊梅花

☆下草も香に匂ひけり梅の花（1806）

shitagusa mo / ka ni nioi keri / ume no hana

95   颗颗

　　露珠里，都有

　　故乡

☆露の玉一ツーッに古郷あり（1806）

tsuyu no tama / hitotsu hitotsu ni / furusato ari

96   冬日

　　幽居三个月——如同

　　暮年[1]

☆冬三月こもるといふも齢哉（1806）

fuyu mi tsuki / komoru to iu mo / yowai kana

1　一茶的家乡柏原，冬季大雪，一年有三个月进入闭居、幽居的"冬笼"期。

97   在我的影子

      旁边：

      蛙影

☆影ぼふし我にとなりし蛙哉（1807）

kagebōshi / ware ni tonari shi / kawazu kana

98   今天，今天——

      风筝又被

      朴子树缠住了！

☆けふもけふも凧引かかる榎哉（1807）

kyō mo kyō mo / tako hikkakaru / enoki kana

99   清晨的天空颜色

已经换穿

夏天的衣服

☆曙の空色衣かへにけり（1807）

akebono no / sora iro koromo / kae ni keri

100   三不五时

像相扑选手般翻滚过来……

一阵松风[1]

☆間々に松風の吹角力哉（1807）

aiai ni / matsu kaze no fuku / sumō kana

---

1 三不五时，“经常，不时的”之意。

101   一叶——对黄莺，

就是一顶帽子：

啊，红叶

☆鶯に一葉かぶさる紅葉哉（1807）

uguisu ni / ichiyō kabusaru / momiji kana

102   用人放假不在的

日子：不必费心

隐藏白头发 [1]

☆やぶ入のかくしかねたる白髪哉（1808）

yabuiri no / kakushi kanetaru / shiraga kana

1　日语"やぶ入"（薮入），正月或盂兰盆节前后十五
天，用人请假回家或出嫁女子回乡的日子。

103   佛陀的目光也朝

这里投过来——

啊，樱花

☆御仏もこち向給ふ桜哉（1808）

mihotoke mo / kochi muki tamau / sakura kana

104   猫头鹰那一副

行家鉴别的表情——

啊，梅花

☆梟の分別顔や梅の花（1808）

fukurō no / funbetsu kao ya / ume no hana

105   八月十五的月

明明白白照着

我的破烂房子[1]

☆名月の御覧の通り屑家也（1808）

meigetsu no / goran no tōri / kuzuya nari

106   元旦日——

不只我是

无巢之鸟[2]

☆元日や我のみならぬ巣なし鳥（1809）

ganjitsu ya / ware nominaranu / su nashi tori

1　一茶曾为此诗作"俳画"。
2　文化六年（1809）元旦日之夜，江户佐内町大火，许多人无家可归，一如常年浪居在外的一茶。

107　蝴蝶飞闪而过，

仿佛对此世无

任何企望……

☆蝶とぶや此世に望みないやうに（1809）

chō tobu ya / kono yo ni nozomi / nai yō ni

108　梅花的香气——

春天是件

夜晚的事

☆梅が香やそもそも春は夜の事（1809）

ume ga ka ya / somosomo haru wa / yoru no koto

109   单纯地信赖地

　　　飘然落下，花啊

　　　就像花一般……

☆ただ頼め花ははらはらあの通（1809）

tada tanome / hana wa harahara / ano tōri

110   雨三滴，

　　　三、四只

　　　萤火虫……

☆雨三粒蛍も三ッ四ッかな（1809）

ame mi tsubu / hotaru mo mitsu / yotsu kana

111   下一夜下下一夜……

      同样是一个人在

      蚊帐内

  ☆翌も翌も同じ夕か独蚊屋（1809）

  asu mo asu mo / onaji yūbe ya / hitori kaya

112   蝉啊，

      你也想念

      你妈妈吗？

  ☆母恋し恋しと蝉も聞ゆらん（1809）

  haha koishi / koishi to semi mo / kikoyaran

88

113　蜂儿们嗡嗡

　　　　嗡嗡地说：瓜啊，

　　　　快长快长快长大……

　　　☆瓜になれなれなれとや蜂さわぐ（1809）

　　uri ni nare / nare nare to ya / hachi sawagu

114　山里人——

　　　　在他袖子深处，

　　　　蝉的叫声

　　　☆山人や袂の中の蝉の声（1810）

　　yamaudo ya / tamoto no naka no / semi no koe

115   雪融了：今夜——

        胖嘟嘟，圆嘟嘟的

        月亮 [1]

☆雪とけてくりくりしたる月よ哉（1810）

yuki tokete / kurikuri shitaru / tsuki yo kana

116   蝴蝶飘飞而过——

        啊，我身亦

        尘土矣

☆蝶とんで我身も塵のたぐひ哉（1810）

chō tonde / waga mi mo chiri no / tagui kana

---

1 一茶在此诗中，用相当生动的拟态词"くりくり"（音 kurikuri，胖嘟嘟、圆嘟嘟之意），形容雪融后浮现的月亮。

117 随散落水面的

　　　樱花的拍子猛冲吧——

　　　小香鱼！

☆花の散る拍子に急ぐ小鮎哉（1810）

hana no chiru / hyōshi ni isogu / ko ayu kana

118 真不可思议啊！

　　　像这样，活着——

　　　在樱花树下

☆斯う活て居るも不思儀ぞ花の陰（1810）

kō ikite / iru mo fushigi zo / hana no kage

119   櫻花树盛开——

欲望弥漫

浮世各角落

☆花咲や欲のうきよの片すみに（1810）

hana saku ya / yoku no ukiyo no / kata sumi ni

120   傍晚的櫻花——

今天也已

成往事

☆夕ざくらけふも昔に成にけり（1810）

yuzakura / kyō mo mukashi ni / nari ni keri

121   故乡，像带刺的

　　　玫瑰——愈近它

　　　愈刺你啊

☆古郷やよるも障も茨の花（1810）

furusato ya / yoru mo sawaru mo / bara no hana

122   露珠的世界：

　　　然而在露珠里——

　　　争吵

☆露の世の露の中にてけんくわ哉（1810）

tsuyu no yo no / tsuyu no naka nite / kenka kana

123   随露水滴落，

        轻轻柔柔，

        鸽子在念经哉

☆露ほろりほろりと鳩の念仏哉（1810）

tsuyu horori / horori to hato no / nebutsu kana

124   邻居是不是拿着

        年糕，要来

        我家了？ [1]

☆我宿へ来さうにしたり配り餅（1810）

waga yado e / kisō ni shitari / kubari mochi

---

1   贫困的一茶时有断炊之虞，岁末在家中殷殷期盼邻居
敲门送年糕来。

125　秋风——

　　啊，昔日

　　他亦是个美少年……

☆秋風やあれも昔の美少年（1810）

aki kaze ya / are mo mukashi no / bishonen

126　下雪的夜晚：路边

　　小贩——僵冷得

　　貌似七十岁……[1]

☆雪ちるや七十顔の夜そば売（1810）

yuki chiru ya / shichijū kao no / yo sobauri

1　一茶的俳句中许多都是直视生活、直视人生之作，农
村出身的他也写了颇多动人的都市诗，呈现都市底层或
边缘者的生活，此首与下一首即为佳例。

127   被称为"见世女郎"的

卖春女，啊，没见过

煤与炉火……[1]

☆煤はきや火のけも見へぬ見世女郎（1810）

susuhaki ya / hinoke mo mienu / mise jorō

128   春雨，

大哈欠——

美女的脸上

☆春雨に大欠する美人哉（1811）

harusame ni / ōakubi suru / bijin kana

1　日语"见世女郎"，指下级之游女（卖春女）。

129 孩子们——

那红月亮是你们

谁家的？

☆赤い月是は誰のじや子ども達（1811）

akai tsuki / kore wa dare no ja / kodomodachi

130 如此亲密无间——

来世当做

原野上之蝶！

☆むつまじや生れかはらばのべの蝶（1811）

mutsumaji ya / umare kawaraba / nobe no chō

131   露珠的世界中

露珠的鸣唱：

夏蝉 [1]

☆露の世の露を鳴也夏の蝉（1811）

tsuyu no yo / no tsuyu wo naku nari / natsu no semi

132   秋夜：

纸门上一个小洞幽幽

吹笛

☆秋の夜や窓の小穴が笛を吹（1811）

aki no yo ya / mado no ko ana ga / fue wo fuku

---

1   此诗为颇幽微、动人的时空三重奏：短暂如露珠的尘世里，短暂如转瞬即逝的露珠之歌的夏蝉的鸣叫，夹缝中及时为"乐"的间奏曲⋯⋯

133   秋风：

       一茶

       骚动的心思

☆秋の風一茶心に思ふやう（1811）

aki no kaze / issa kokoro ni / omou yō

134   菊与我

       同为

       伪隐者矣……[1]

☆菊さくや我に等しき似せ隐者（1811）

kiku saku ya / ware ni hitoshiki / nise inja

1　"菊，花之隐逸者也。"一茶在这首诗里调侃地说，
菊花和他自己都是假的隐者，因为要成为真正的隐士非
容易之事啊！

135   活下来

　　　活下来——

　　　何其冷啊

　　☆生残り生残りたる寒さかな（1811）

ikinokori / ikinokoritaru / samusa kana

136   四十九年浪荡

　　　荒芜——

　　　月与花 [1]

　　☆月花や四十九年のむだ歩き（1811）

tsuki hana ya / shijūku nen no / muda aruki

1　此诗为一茶四十九岁时之作。

137   江户的夜晚，

似乎

特别的短……[1]

☆江戸の夜は別にみじかく思ふ也（1812）

edo no yo wa / betsu ni mijikaku / omou nari

138   凉风加

明月，

五文钱哉！[2]

☆涼風に月をも添て五文哉（1812）

suzukaze ni / tsuki wo mo soete / gomon kana

1　1812年，五十岁的一茶决意结束三十余年漂泊生活
回故乡柏原永住。此诗为返乡前留恋、告别江户之作。"江
户更显迷人，在离别的时分……"

2　一茶此诗所写乃在京都加茂川的四条河原纳凉的情
景。李白的《襄阳歌》说"清风朗月不用一钱买"，但
穷兮兮的一茶却无法这么浪漫，在河滩上租个床位纳凉，
要收五文钱呢！凉风五文钱，月色就当是免费附送了……

139　归去来兮，

　　　江户乘凉

　　　不易啊！ [1]

☆いざいなん江戸は涼みもむつかしき（1812）

izai nan / edo wa suzumi mo / mutsukashiki

140　飞雁们

　　　咕哝咕哝地，

　　　聊我的是非吗?

☆雁わやわやおれが噂を致す哉（1812）

kari wayawaya / ore ga uwasa wo / itasu kana

1　此诗亦为返乡定居前告别江户之作。

141　松鸡啼叫——

　　　云朵随其节奏

　　　快速前进

☆水鶏なく拍子に雲が急ぐぞよ（1812）

kuina naku / hyōshi ni kumo ga / isogu zo yo

142　金色棣棠花

　　　可敬的盟友——

　　　青蛙

☆山吹の御味方申す蛙かな（1812）

yamabuki no / omikata mōsu / kawazu kana

143　　嘎喳嘎喳咬食着

　　　　　一粒粽子的——

　　　　　是个美人啊！

☆がさがさと粽をかぢる美人哉（1812）

gasagasa to / chimaki wo kajiru / bijin kana

144　　与弦月

　　　　和鸣——

　　　　杜鹃鸟[1]

☆三日月とそりがあふやら時鳥（1812）

mikazuki to / sori ga au yara / hototogisu

1　此诗颇幽微，阴历三日前后的新月（日语：三日月）
仿佛有弦，与杜鹃的叫声和鸣。

145   流浪猫

把佛陀的膝头

当枕头

☆のら猫が仏のひざを枕哉（1812）

nora neko ga / hotoke no hiza wo / makura kana

146   五寸钉——

松树扑簌扑簌

落泪

☆五寸釘松もほろほろ涙哉（1812）

go sun kugi / matsu mo horohoro / namida kana

147   会成佛吗?

老松

空思漫想……

☆仏ともならでうかうか老の松（1812）

hotoke tomo / narade ukauka / oi no matsu

148   此世，如

行在地狱之上

凝视繁花

☆世の中は地獄の上の花見哉（1812）

yo no naka wa / jigoku no ue no / hanami kana

149　　露珠的世界：

　　　　大大小小粉红

　　　　石竹花上的露珠！

　　☆露の世や露のなでしこ小なでしこ（1812）

　　tsuyu no yo ya / tsuyu no nadeshiko / ko nadeshiko

150　　这是我

　　　　终老埋身之所吗——

　　　　雪五尺[1]

　　☆是がまあつひの栖か雪五尺（1812）

　　kore ga maa / tsui no sumika ka / yuki go shaku

1　1812 年 11 月，在外漂泊三十余年的一茶终于返乡定
居，写此俳句，显示回归乡土柏原之决心。

151　　我死去的母亲——

　　　　每一次我看到海

　　　　每一次我……¹

　　☆亡き母や海見る度に見るたびに（1812）

　　naki haha ya / umi miru tabi ni / miru tabi ni

152　　六道之一

　　　　　〈地狱〉

　　　　傍晚的月亮——

　　　　田螺在锅子里

　　　　哀鸣

　　☆夕月や鍋の中にて鳴田にし（1812）

　　yūzuki ya / nabe no naka nite / naku tanishi

1　一茶三岁丧母，一生对母亲甚为怀念。文化九年（1812
年）4 月，受家属邀请，一茶出席俳句女诗人花娇逝世满
两年忌，在搭船前往富津的途中写下此俳句：看到海，
就想到他所爱的母亲——他或将生前与其颇亲近的花娇
的影像与自己的母亲融在一起。花娇满两年忌上，他写
了一首追念伊人的俳句——"目覚しのほたん芍薬であ
りしよな"（她醒来，啊美丽 / 如牡丹与芍药般—— /
一如往昔……）。花娇于 1810 年去世。一茶于 1814 年
第一次结婚。

153 六道之二

〈饿鬼〉

花朵四散——
我们渴求的水
在雾中的远方

☆花散や呑たき水を遠霞（1812）

hana chiru ya / nomitaki mizu wo / tōugasumi

154 六道之三

〈畜生〉

花朵遍撒……
彼等依然目中无"佛"，
无"法"

☆散花に仏とも法ともしらぬかな（1812）

chiru hana ni / butsu tomo hō tomo / shiranu kana

155   六道之四

　　　〈修罗 [1]〉

花影下

赌徒的声音

激烈交锋……

☆声々に花の木陰のばくち哉（1812）

koegoe ni / hana no kokage no / bakuchi kana

156   六道之五

　　　〈人间〉

在繁花间

蠕动难安的

我等众生啊……

☆さく花の中にうごめく衆生哉（1812）

saku hana no / naka ni ugomeku / shujō kana

1　修罗，佛教中名为"阿修罗"之好斗之鬼神。

157   六道之六

〈天上〉

阴霾的日子——

连神也觉得

寂寞无聊……[1]

☆かすむ日やさぞ天人の御退屈（1812）

kasumu hi ya / sazo tennin no / gotaikutsu

158   沾了一身的油菜花

回来——

啊，猫的恋爱

☆なの花にまぶれて来たり猫の恋（1813）

na no hana ni / maburete kitari / neko no koi

---

1   此诗甚有趣，非常神气的天界的居民（天人、仙人），
天气不好时也会生气而不太神气。

159   唱吧，唱吧，

虽然是走音的金嗓——

你是我的黄莺哪……

☆鳴けよ鳴けよ下手でもおれが鶯ぞ（1813）

nake yo nake yo / heta demo ore ga / uguisu zo

160   以我的手臂为枕——

蝴蝶每日

前来造访

☆手枕や蝶は毎日来てくれる（1813）

temakura ya / chō wa mainichi / kite kureru

161   悠然

见南山者，

是蛙哟 [1]

☆ゆうぜんとして山を見る蛙哉（1813）

iuzen to shite / yama wo miru / kawazu kana

162   月亮，梅花，

醋啊，蒟蒻啊——

一天又过去了

☆月よ梅よ酢のこんにやくのとけふも過ぬ（1813）

tsuki yo ume yo / su no konnyaku no to / kyō mo suginu

---

1   此诗为陶渊明名句"采菊东篱下，悠然见南山"的诙
谐变奏。

163   凉风一吹

到我身——啊，

我在我家

☆一吹の風も身になる我家哉（1813）

hito fuki no / kaze mo mi ni naru / waga ya kana

164   一无所有

但觉心安——

凉快哉

☆何もないが心安さよ涼しさよ（1813）

nanimo nai ga / kokoroyasusa yo / suzushisa yo

165   躺着

像一个"大"字，

凉爽但寂寞啊 [1]

☆大の字に寝て涼しさよ淋しさよ（1813）

dai no ji ni / nete suzushisa yo / sabishisa yo

166   下下又下下，

下又下之下国——

凉快无上啊! [2]

☆下下も下下下下の下国の涼しさよ（1813）

gege mo gege / gege no gekoku no /suzushisa yo

1　一茶于 1812 年 11 月返乡定居，1814 年 4 月始结婚。写此诗时，一茶五十一岁，仍单身一人，"大"器无用。
2　此诗为一茶的奇诗、妙诗，连用了七个"下"字，描写他在偏远信浓国乡下地方，一个人泡汤时的无上凉快（此俳句前书"奥信濃に湯浴みして"）。

167   前世我也许是

你的表兄弟——

啊布谷鸟

☆前の世のおれがいとこか閑古鳥（1813）

mae no yo no / ore ga itoko ka / kankodori

168   在我家

老鼠有

萤火虫做伴

☆我宿や鼠と仲のよい蛍（1813）

waga yado ya / nezumi to naka no / yoi hotaru

169   寒舍的跳蚤

消瘦得这么快——

我之过也

☆庵の蚤不便やいつか痩る也（1813）

io no nomi / fubin ya itsuka / yaseru nari

170   即便是蚤痕，

在少女身上

也是美的

☆蚤の迹それもわかきはうつくしき（1813）

nomi no ato / sore mo wakaki wa / utsukushiki

171　　夏蝉——

　　　　即便欢爱中途休息时间

　　　　也在歌唱

　　☆夏の蝉恋する隙も鳴にけり（1813）

　　natsu no semi / koi suru hima mo / naki ni keri

172　　慌忙逃跑的

　　　　蠹虫，包括

　　　　双亲与孩子……

　　☆逃る也紙魚が中にも親よ子よ（1813）

　　nigeru nari / shimi ga naka ni mo / oya yo ko yo

173   在傍晚的月下

蜗牛

祖胸露背……

☆夕月や大肌ぬいでかたつぶり（1813）

yūzuki ya / ōhada nuide / katatsuburi

174   如果有人来——

快伪装成蛙吧，

凉西瓜！

☆人来たら蛙になれよ冷し瓜（1813）

hito kitara / kawazu ni nare yo / hiyashi uri

175   死神将我

遗留在这里——

秋日黄昏

☆死神により残されて秋の暮（1813）

shinigami ni / yorinokosarete / aki no kure

176   对于虱子，

夜一定也非常漫长，

非常孤寂

☆虱ども夜永かろうぞ淋しかろ（1813）

shiramidomo / yonaga karō zo / sabishikaro

177　　肚子上

　　　　练习写汉字：

　　　　漫漫长夜 [1]

　　☆腹の上に字を書ならふ夜永哉（1813）

　　hara no ue ni / ji wo kakinarau / yonaga kana

178　　美哉，纸门破洞，

　　　　别有洞天

　　　　看银河！

　　☆うつくしやしようじの穴の天の川（1813）

　　utsukushi ya / shōji no ana no / ama no kawa

1　单身的日本诗人一茶，漫漫长夜里练习写笔画繁多的
中国字，以排遣寂寞、去欲入眠。

179   小孩大哭——

吵着要摘取

中秋之月

☆名月を取てくれろと泣く子哉（1813）

meigetsu wo / totte kurero to / naku ko kana

180   山村——

中秋满月

甚至来到汤碗中

☆山里は汁の中迄名月ぞ（1813）

yamazato wa / shiru no naka made / meigetsu zo

181 我的手脚

   细瘦如铁钉——

   啊，秋风

☆鉄釘のやうな手足を秋の風（1813）

kanakugi no / yōna teashi wo / aki no kaze

182 在清晨的

   露珠中练习

   谒见净土……

☆朝露に浄土参りのけいこ哉（1813）

asa tsuyu ni / jōdo mairi no / keiko kana

183　　无须喊叫，

　　　　雁啊不管你飞到哪里，

　　　　都是同样的浮世

　　☆鳴な雁どつこも同じうき世ぞや（1813）

　　naku na kari / dokko mo onaji / ukiyo zoya

184　　雪轻飘飘轻飘飘地

　　　　飞落——看起来

　　　　很可口

　　☆むまさうな雪がふうはりふはり哉（1813）

　　umasōna / yuki ga fūwari / fuwari kana

185　雁与鸥

　　大声吵嚷着——

　　"这是我的雪！"[1]

☆雁鴎おのが雪とてさわぐ哉（1813）

kari kamome / ono ga yuki tote / sawagu kana

186　听不见

　　村里的钟声——

　　满园冬雪

☆我郷の鐘や聞くらん雪の底（1813）

waga sato no / kane ya kikuran / yuki no soko

1　此诗亦可视为一茶与异母弟仙六争亡父遗产之影射。

187   这是我的年糕

这也是我的年糕……

一整列都是呢[1]

☆あこが餅あこが餅とて並べけり（1813）

ako ga mochi / ako ga mochi tote / narabe keri

188   茶花丛里

麻雀

在玩捉迷藏吗

☆茶の花に隠んぼする雀哉（1813）

cha no hana ni / kakurenbo suru / suzume kana

1　此诗以孩童口吻，写期待拥有母亲所做全部年糕的孩童的渴切心情。

189   猫头鹰！抹去你

脸上的愁容——

春雨

☆梟も面癖直せ春の雨（1814）

fukurō mo / tsuraguse naose / haru no ame

190   雪融了，

满山满谷都是

小孩子

☆雪とけて村一ぱいの子ども哉（1814）

yuki tokete / mura ippai no / kodomo kana

191   乌鸦踱步，

仿佛在

犁田……

☆畠打の真似して歩く烏哉（1814）

hata uchi no / mane shite aruku / karasu kana

192   来和我玩吧，

无爹无娘的

小麻雀[1]

☆我と来てあそぶや親のない雀（1814）

ware to kite / asobu ya oya no / nai suzume

---

1   此诗书写六岁时的一茶，在平凡的语言中，表现了孤儿对孤儿的同情，据说当时一茶穿着旧衣，孤坐一旁，远远看着其他穿着年节新衣嬉戏的孩童。

193　黄莺

用梅花

拭净脚上的泥

☆鶯や泥足ぬぐふ梅の花（1814）

uguisu ya / doro ashi nuguu / ume no hana

194　即便一根草

也迎有

凉风落脚

☆一本の草も涼風やどりけり（1814）

ippon no / kusa mo suzukaze / yadori keri

195　　炎夏三伏天的云

　　　　一下子变成鬼，

　　　　一下子变成佛……

　　☆鬼と成り仏となるや土用雲（1814）

　oni to nari / hotoke to naru ya / doyōgumo

196　　半百当女婿，

　　　　以扇

　　　　羞遮头 [1]

　　☆五十聟天窓をかくす扇かな（1814）

　go jū muko / atama wo kakusu / ōgi kana

1　一茶五十二岁（1814 年 4 月）始结婚，遂有此妙诗。

197　成群的蚊子——

　　　但少了他们，

　　　却有些寂寞

☆蚊柱や是もなければ小淋しき（1814）

kabashira ya / kore mo nakereba / ko sabishiki

198　一边打苍蝇

　　　一边念

　　　南无阿弥陀佛

☆蝿一つ打てはなむあみだ仏哉（1814）

hae hitotsu / utte wa namu amida / butsu kana

¹⁹⁹ 露珠四散——

今天，一样播撒

地狱的种子

☆露ちるや地獄の種をけふもまく（1814）

tsuyu chiru ya / jigoku no tane wo / kyō mo maku

²⁰⁰ 单纯地说着

信赖……信赖……

露珠一颗颗掉下 ¹

☆只頼め頼めと露のこぼれけり（1814）

tada tanome / tanome to tsuyu no / kobore keri

1　露珠也念佛，露珠念佛即可安往净土乎……

201 　晨雾

　　　从大佛的鼻孔

　　　出来……

　　☆大仏の鼻から出たりけさの霧（1814）

daibutsu no / hana kara detari / kesa no kiri

202 　蟋蟀，翘起胡须，

　　　自豪地

　　　高歌……

　　☆蓋髭をかつぎて鳴にけり（1814）

kirigirisu / hige wo katsugite / naki ni keri

203   轻轻盖在

        酣睡的狗身上——

        啊，一片叶子

    ☆寝た犬にふはとかぶさる一葉哉（1814）

    neta inu ni / fuwa to kabusaru / hito ha kana

204   不是鬼，

        不是菩萨——

        只是一只海参啊

    ☆鬼もいや菩薩もいやとなまこ哉（1814）

    oni mo iya / bosatsu mo iya to / namako kana

205   拔白萝卜的男子

用一根白萝卜

为我指路

☆大根引大根で道を教へけり（1814）

daiko hiki / daiko de michi wo / oshie keri

206   俺的世界——

那边那些草，做成了

俺家的草味年糕

☆おらが世やそこらの草も餅になる（1815）

oraga yo ya / sokora no kusa mo / mochi ni naru

207 　 我的菊妻啊，

全不在乎她自己的

衣着举止 [1]

☆我菊や形にもふりにもかまはずに（1815）

waga kiku ya / nari ni mo furi ni mo / kamawazu ni

208 　 请就位观赏

我的尿瀑布——

来呀，萤火虫

☆小便の滝を見せうぞ来よ蛍（1815）

shōben no / taki wo mishō zo / ko yo hotaru

1　一茶五十二岁时告别单身，娶二十八岁的菊为妻，相
当爱她，也颇喜欢她大而化之的个性。

209   幸得扇

扇风，转眼——

啊，竟失之

☆貰よりはやくおとした扇哉（1815）

morau yori / hayaku otoshita / ōgi kana

210   我屋前的小溪

让西瓜

更清凉可口

☆我庵や小川をかりて冷し瓜（1815）

waga io ya / ogawa wo karite / hiyashi uri

211   一粒米饭

沾黏于鼻头——

猫恋爱了

☆鼻先に飯粒つけて猫の恋（1815）

hana saki ni / meshi tsubu tsukete / neko no koi

212   柴门上

代替锁的是——

一只蜗牛[1]

☆柴門や錠のかはりの蝸牛（1815）

shiba kado ya / jō no kawari no / katatsuburi

---

1   此诗让人想起陶渊明的"门虽设而常开"，但更加豁达、生动。对照今日都市丛林里层层围铸的铁门巨锁，树枝编成的家门上，志愿充当守卫的这只蜗牛多么可爱啊。

213　　地狱图里的

　　　　围栏上，一只

　　　　云雀歌唱

☆地獄画の垣にかゝりて鳴雲雀（1815）

jigoku e no / kaki ni kakarite / naku hibari

214　　瘦青蛙，

　　　　别输掉，

　　　　一茶在这里！ ¹

☆瘦蛙まけるな一茶是に有（1816）

yasegaeru / makeru na issa / kore ni ari

―――――――――
1　日本旧有斗蛙之习，这是一茶看到一只瘦小的青蛙和
一只肥胖的青蛙比斗时，所写的为其呐喊、加油之诗。

215 　啊，小蝴蝶，

　　　来来去去数着澡池里

　　　一颗一颗头……

　　☆湯入衆の頭かぞへる小てふ哉（1816）

　yu iri shū no / atama kazoeru / ko chō kana

216 　今年夏天

　　　连我茅屋上的草

　　　都变瘦了

　　☆我庵は草も夏痩したりけり（1816）

　waga io wa / kusa mo natsuyase / shitari keri

217　何其有幸！

　　也被今年的蚊子

　　尽情叮食

☆目出度さはことしの蚊にも喰れけり（1816）

medetasa wa / kotoshi no ka ni mo / kuware keri

218　脸上仰

　　坠落，依然歌唱——

　　秋蝉

☆仰のけに寝て鳴にけり秋の蝉（1816）

aonoke ni / nete naki ni keri / aki no semi

219　　蟋蟀的叫声

　　　　遮蔽了夜里我在

　　　　尿瓶里尿尿的声音……

　　☆蟋尿瓶のおともほそる夜ぞ（1816）

　　kirigirisu / shibin no oto mo / hosoru yo zo

220　　啊，这人世——

　　　　竟连在叶子上写诗

　　　　也被责备！

　　☆人の世や木の葉かくさへ叱らるる（1816）

　　hito no yo ya / ko no ha kaku sae / shikararuru

221   冬日幽居：

       冬季放屁奥运会

       又开始了……[1]

☆屁くらべが又始るぞ冬籠（1816）

he kurabe ga / mata hajimaru zo / fuyugomori

222   在我家，

       元旦

       从中午才开始[2]

☆我門は昼過からが元日ぞ（1817）

waga kado wa / hiru sugi kara ga / ganjitsu zo

---

1 由国际奥林匹克委员会主办的"冬季奥林匹克运动会"
（简称冬季奥运会）开始于 1924 年，应与写作于 1816
年的一茶此诗无关。译诗中"奥运"两字，亦可作"奥秘、
隐秘运送"解。
2 此诗或可见一茶作为一个自由写作者勤奋恣意（熬夜
写作？）又懒散自在（随兴晏起？）的生活情貌，或者
年过半百始为人夫的一茶丰富的夫妻夜生活、晨生活。

223   放假回家，刚

入门，未见双亲

先垂泪的用人们……

☆藪入や涙先立つ人の親（1817）

yabuiri ya / namida sakidatsu / hito no oya

224   睡醒后

打个大哈欠——

猫又去谈恋爱了

☆寝て起て大欠して猫の恋（1817）

nete okite / ōakubi shite / neko no koi

225   躺着

　　　像一个"大"字，

　　　遥看云峰[1]

　　☆大の字に寝て見たりけり雲の峰（1817）

　　dai no ji ni / nete mitari keri / kumo no mine

226   一代一代开在

　　　这贫穷人家篱笆——

　　　啊，木槿花

　　☆代々の貧乏垣の木槿哉（1817）

　　daidai no / bimbō kaki no / mukuge kana

_____

1　一茶1813年有俳句"躺着像一个'大'字，凉爽但
寂寞啊"（本书第一百六十五首），颇似此句，但心情
有别——在有限的形式里做细微的变化、变奏，即俳句
的艺术特质之一。

145

227   下雪天——

在盆灰里

练习写字……

☆雪の日や字を書習ふ盆の灰（1817）

yuki no hi ya / ji wo kakinarau / bon no hai

228   东张西望，东张西望，

你掉了什么东西吗，

鹪鹩？[1]

☆きよろきよろきよろきよろ何をみそさざい（1817）

kyorokyoro / kyorokyoro nani wo / misosazai

---

1   一茶此诗重迭使用拟态词"きよろきよろ"（音
kyoro-kyoro，东张西望、四下张望之意），形容鹪鹩不
安的样子，念起来颇滑稽有趣。

229　　一年又春天——

弥太郎成了

诗僧一茶 [1]

☆春立や弥太郎改め一茶坊（1818）

haru tatsu ya / yatarō aratame / issabō

230　　梅花灿开——

纸窗上

猫的影子

☆梅咲やせうじに猫の影法師（1818）

ume saku ya / shōji ni neko no / kagebōshi

1　一茶在他《宽政三年纪行》一作开头说："信浓国中
有一隐士。胸怀此志，将宇宙森罗万象置放于一碗茶中，
遂以'一茶'为名。"宽政三年为1791年，如果一茶从
此年开始"认证"自己是俳谐师"一茶坊"，那么这首
1818年的俳句追忆的就是二十七年前之事了。

231   张开嘴说出

　　　　"好漫长的一天"——

　　　　一只乌鸦

☆ばか長い日やと口明く烏哉（1818）

baka nagai hi / ya to kuchi aku / karasu kana

232   月亮匆匆一瞥，

　　　　莺声短暂一现——

　　　　良夜已过!

☆月ちらり鶯ちらり夜は明ぬ（1818）

tsuki chirari / uguisu chirari / yo wa akenu

233　暗中来，

　　　　暗中去——

　　　　猫的情事

　　☆闇より闇に入るや猫の恋（1818）

kuraki yori / kuraki ni iru ya / neko no koi

234　问她几岁啦，

　　　　五根手指伸出，

　　　　穿着夏天和服的幼童

　　☆としとへば片手出す子や更衣（1818）

toshi toeba / katate dasu ko ya / koromogae

235　　她一边哺乳，

　　　　一边细数

　　　　她孩子身上的蚤痕 [1]

　☆蚤の跡かぞへながらに添乳哉（1818）

　nomi no ato / kazoe nagara ni / soeji kana

236　　闪电——

　　　　蟾蜍一脸

　　　　关他屁事的表情

　☆稲妻や屁とも思はぬひきが顔（1818）

　inazuma ya / he to mo omowanu / hiki ga kao

---

1 此诗写妻子哺育女儿的情景，隐含不舍婴孩被跳蚤叮
咬的浓浓母爱。

237　小马突出

它的嘴巴——

红柿叶

☆馬の子や口さん出すや柿紅葉（1818）

uma no ko ya / kuchi sandasu ya / kaki momiji

238　尿尿后——

用斜落的阵雨

洗手

☆小便に手をつく供や横時雨（1818）

shōben ni / te wo tsuku tomo ya / yoko shigure

239   我今天不敢

　　　看花——害怕

　　　我的来世

☆けふは花見まじ未来がおそろしき（1818）

kyō wa hana / mimaji mirai ga / osoroshiki

240   何喜何贺？

　　　马马虎虎也，

　　　俺的春天 [1]

☆目出度さもちう位也おらが春（1819）

medetasa mo / chū kurai nari / oraga haru

1　此诗写于 1819 年新春。一茶长男千太郎于 1816 年
4 月出生，但未满月即夭折，而一茶长女聪（さと）于
1818 年 5 月出生。此诗可见一茶对生命、生活随遇而安
的旷达态度。一茶绝没有想到爱女会在 1819 年 6 月死去，
而自己会写一本以此诗结尾的"俺的春天"（おらが春）
为名的俳文集追念她。

241   又爬又笑——

从今天早上起，

两岁啦！¹

☆這へ笑へ二ッになるぞけさからは（1819）

hae warae / futatsu ni naru zo / kesa kara wa

242   一只乌鸦，代表

我，在元旦

早上的水里洗澡

☆名代のわか水浴びる烏哉（1819）

myōdai ni / wakamizu abiru / karasu kana

---

1 据一茶《俺的春天》一书所述，此诗应为文政二年（1819
年）元旦之作。1818 年 5 月，一茶长女聪出生。此诗所
说的"两岁"为虚岁。

243   向我挑战

        比赛瞪眼——

        一只青蛙

　☆おれとして白眼くらする蛙かな（1819）

ore to shite / niramikura suru / kawazu kana

244   好凉快啊!

        这里一定是

        极乐净土的入口

　☆涼しさや極楽浄土の這入口（1819）

suzushisa ya / gokuraku jōdo no / hairiguchi

245   昼寝老半天——

　　　　啊，迄今

　　　　未受罚！

☆今迄は罪もあたらぬ昼寝哉（1819）

ima made wa / tsumi mo ataranu / hirune kana

246   鱼不知

　　　　身在桶中——

　　　　在门边凉快着

☆魚どもや桶ともしらで門涼み（1819）

uo domo ya / oke to mo shirade / kado suzumi

247   一尺长的瀑布

声，就让

黄昏凉起来了[1]

☆一尺の滝も音して夕涼み（1819）

isshaku no / taki mo oto shite / yūsuzumi

248   小孩子模仿鸬鹚，

比鸬鹚

还像鸬鹚

☆鵜の真似は鵜より上手な子供哉（1819）

u no mane wa / u yori jyōzuna / kodomo kana

1　此诗为极妙的"联觉"（通感）诗，一尺长的瀑布的
"声音"（听觉），就让人身体降温、倍觉凉爽了。陈
黎也有一瀑布俳句，《小宇宙》第二十四首——"一条
小瀑布悬挂在山腰处 / 水细声小 / 一条小瀑布清凉了整
个夜晚"，恐是效一茶之颦。

249   蟾蜍！一副

能嚅出

云朵的模样

☆雲を吐く口つきしたり引蟇（1819）

kumo wo haku / kuchi tsukishitari / hikigaeru

250   一人，

一蝇，

一个大房间

☆人一人蝿も一つや大座敷（1819）

hito hitori / hae mo hitotsu ya / ōzashiki

251   故乡的

苍蝇也会

刺人啊

☆古郷は蝿すら人をさしにけり（1819）

furusato wa / hae sura hito wo / sashi ni keri

252   "狗狗，过来

过来！"——

蝉这么叫着[1]

☆狗にここへ来よとや蝉の声（1819）

enokoro ni / koko e koyo to ya / semi no koe

---

1   此诗日文读音出现一些"ko"的谐音字，念起来童趣
十足——enokoro ni koko e koyo to ya semi no koe。

253   再而三地逗弄

逗弄我们——

一只飞萤

☆二三遍人をきよくつて行蛍（1819）

ni sam ben / hito wo kyokutte / yuku hotaru

254   以为我的衣袖是

你爹你娘吗?

逃跑的萤火虫

☆我袖を親とたのむか逃ぼたる（1819）

waga sode wo / oya to tanomu ka / nigebotaru

255   被擦鼻纸包着——

        萤火虫

        依然发光

☆鼻紙に引つつんでもほたるかな（1819）

hanagami ni / hittsutsunde mo / hotaru kana

256   小麻雀啊，

        快往旁边站！

        马先生正疾驰而过

☆雀の子そこのけそこのけ御馬が通る（1819）

suzume no ko / soko noke soko noke / ouma ga tōru

257　　跳蚤啊，

　　　你若要跳，

　　　就跳到莲花上吧！

☆とべよ蚤同じ事なら蓮の上（1819）

tobe yo nomi / onaji koto nara / hasu no ue

258　　以扇为尺

　　　量花身：

　　　好一朵牡丹！

☆扇にて尺を取たるぼたん哉（1819）

ōgi nite / shaku wo toritaru / botan kana

259 你指出这些梅花

   是要我们出手偷吗，

   月亮？

  ☆梅の花ここを盗めとさす月か（1819）

  ume no hana / koko wo nusume to / sasu tsuki ka

260 第一声蝉鸣：

   "看看浮世！

   看哪！看哪！"

  ☆はつ蝉のうきを見ん見んみいん哉（1819）

  hatsu semi no / uki wo min min / miin kana

261   在盛开的

        樱花树下，没有人

        是异乡客

☆花の陰赤の他人はなかりけり（1819）

hana no kage / aka no tanin wa / nakari keri

262   露珠的世界是

        露珠的世界，

        然而，然而……[1]

☆露の世は露の世ながらさりながら（1819）

tsuyu no yo wa / tsuyu no yo nagara / sari nagara

---

1   一茶长女聪出生于 1818 年 5 月，但不幸于 1819 年 6 月过世，一茶甚悲，于一年间写作了俳文集《俺的春天》，记述爱女之生与死，真切感人，可谓其代表作。此为收录于其中的一首绝顶简单又无尽悲伤的俳句。

263 　在门口，

　　　亲切地挥手——

　　　那棵柳树……[1]

☆入口のあいそになびく柳かな（1819）

iriguchi no / aiso ni nabiku / yanagi kana

264 　秋风：

　　　啊，以前她喜欢摘的

　　　那些红花[2]

☆秋風やむしりたがりし赤い花（1819）

aki kaze ya / mushiritagarishi / akai hana

1　一茶因与继母及同父异母弟弟仙六间的亡父遗产纷争，
多年来漂泊在外，有家归不得。因此1813年元月，纷争
解决，家中屋子一分为二由一茶与仙六分住后，家门口
那棵柳树，在一茶眼中，仿佛也亲切挥手，欢迎他回来……
2　一茶此俳句前书"さと女丗五日墓"，为长女聪死后
三十五日，一茶于其墓前悼念她之作。

164

265　蝉唧唧叫着——

　　　　如此炽烈之红的

　　　　风车 [1]

☆せみなくやつくづく赤い風車（1819）

semi naku ya / tsukuzuku akai / kazaguruma

266　中秋之月——

　　　　她会爬向我的餐盘，

　　　　如果她还在 [2]

☆名月や膳に這よる子があらば（1819）

meigetsu ya / zen ni haiyoru / ko ga araba

1　此诗亦为悼念早夭的长女之作。
2　一茶于中秋夜怀念 6 月间过世的长女之作。

267　　他们叫我这乡下人

　　　　"椋鸟"——

　　　　冷啊 [1]

☆椋鳥と人に呼ばるる寒さかな（1819）

mukudori to / hito ni yobaruru / samusa kana

268　　冬日寒风:

　　　　在二十四文钱的

　　　　妓女户里 [2]

☆木がらしや廿四文の遊女小家（1819）

kogarashi ya / ni jū shi mon no / yūjogoya

1　一茶此俳句前书"江户道中"，为回忆当年旅居江户，
被当地人以鄙夷口吻讥待之作。
2　此诗描述一茶浪迹在外时，寒冬之夜曾一宿的最廉价
"游女小家"（卖春户）。

269   无功

亦无过：

冬日幽居

☆能なしは罪も又なし冬籠（1819）

nō nashi wa / tsumi mo mata nashi / fuyugomori

270   两只鹿

互舔彼此身上

今晨之霜 [1]

☆さをしかやゑひしてなめるけさの霜（1819）

saoshika ya / eishite nameru / kesa no shimo

---

1 此诗书写冬日早晨，两只鹿因冷，互舔去身上之霜取
暖，相濡以沫的动人场景。

271   春雨——

一个小孩

在教猫跳舞

☆春雨や猫におどりををしへる子（1820）

harusame ya / neko ni odori wo / oshieru ko

272   远山

在它眼里映现——

一只蜻蜓

☆遠山が目玉にうつるとんぼ哉（1820）

tōyama ga / medama ni utsuru / tombo kana

273   一只美丽的风筝

在乞丐寮棚上空

高飞

☆美しき凧上りけり乞食小屋（1820）

utsukushiki / tako agari keri / kojikigoya

274   花影下

髪髭俱白的

老友们

☆髪髭も白い仲間や花の陰（1820）

kami hige mo / shiroi nakama ya / hana no kage

275   刚好在我熄灯时

过来——

一只虎蛾

☆けしてよい時は来る也火取虫（1820）

keshite yoi / toki wa kuru nari / hitorimushi

276   个个长寿——

这个穷村庄内的苍蝇，

跳蚤，蚊子

☆長生の蝿よ蚤蚊よ貧乏村（1820）

nagaiki no / hae yo nomi ka yo / bimbo mura

277　世上鸣虫亦如此：

有些歌喉赞，

有些歌声不怎么样

☆世の中や鳴虫にさへ上づ下手（1820）

yo no naka ya / naku mushi ni sae / jyōzu heta

278　母亲总是先把

柿子最苦的部分

吃掉

☆渋い所母が喰いけり山の柿（1820）

shibui toko / haha ga kui keri / yama no kaki

279   一泡尿

      钻出一直穴——

      门口雪地上

   ☆真直な小便穴や門の雪（1820）

massuguna / shōben ana ya / kado no yuki

280   蟋蟀——

      即便要被卖了

      仍在鸣唱

   ☆蛬身を売れても鳴にけり（1820）

kirigirisu / mi wo urarete mo / naki ni keri

281   元旦日——

在红尘繁花中的

我们[1]

☆元日や我等ぐるめに花の娑婆（1821）

ganjitsu ya / warera gurume ni / hana no shaba

282   热气蒸腾——

他的笑脸

在我眼中萦绕……[2]

☆陽炎や目につきまとふ笑い顔（1821）

kagerō ya / me ni tsukimatō / waraigao

---

1 日语原诗中"娑婆"两字，为佛教对人类所住世界——人间、人世之称呼。

2 此诗为悼于前一年（1820）10 月出生，于 1821 年 1 月在母亲背上窒息致死的一茶次男石太郎之作。

283   穿过花的暴风雪——

一双双沾满烂泥的

草鞋……

☆花ふぶき泥わらんじで通りけり（1821）

hana fubuki / doro waranji de / tōri keri

284   凉风的

净土

即我家

☆涼風の浄土則我家哉（1821）

suzukaze no / jōdo sunawachi / waga ya kana

285 蜗牛

就寝，起身，

依自己的步调

☆でで虫の其身其まま寝起哉（1821）

dedemushi no / sono mi sono mama / neoki kana

286 别打那苍蝇，

它在拧手

它在扭脚呢

☆やれ打な蠅が手をすり足をする（1821）

yare utsuna / hae ga te wo suri / ashi wo suru

287   蚊子又来我耳边——

难道它以为

我聋了？

☆一ツ蚊の聾と知て又来たか（1821）

hitotsu ka no / tsunbo to shitte / mata kitaka

288   山中的蚊子啊，

一生都没尝过

人味……

☆人味を知らずに果る山蚊哉（1821）

hitoaji wo / shirazuni hateru / yamaka kana

289   我家隔壁——

　　　是跳蚤的

　　　大本营啊!

　　☆我宿は蚤捨藪のとなり哉（1821）

　　waga yado wa / nomi sute yabu no / tonari kana

290   屋角的蜘蛛啊,

　　　别担心,

　　　我懒得打扫灰尘……

　　☆隅の蜘蛛案じな煤はとらぬぞよ（1821）

　　sumi no kumo / anjina susu wa / toranu zo yo

291   初雪——

       一、二、三、四

       五、六人 [1]

    ☆初雪や一二三四五六人（1821）

hatsu yuki ya / ichi ni san yon / go roku nin

292   期满更换工作的佣工，

       没真正见过江户——

       挥着斗笠告别……[2]

    ☆出代や江戸をも見ずにさらば笠（1822）

degawari ya / edo wo mo mizu ni / sarabagasa

---

1   此诗以简单的数字层递，展现一年新雪初落，闻讯的人们一个接一个欣喜步出家门的充满动感的画面。

2   日语"出代"，日本江户时代佣工期满或被解雇时的更换。

293   从大佛的鼻孔，

一只燕子

飞出来哉

☆大仏の鼻から出たる乙鳥哉（1822）

daibutsu no / hana kara detaru / tsubame kana

294   六十年

无一夜跳舞——

啊盂兰盆节[1]

☆六十年踊る夜もなく過しけり（1822）

rokujū nen / odoru yo mo naku / sugoshi keri

1　此处之舞指盂兰盆节"盆踊"，盂兰盆节晚上男男女女和着歌曲所跳之舞。

295 虫儿们，别哭啊，

即便相恋的星星

也终须一别[1]

☆鳴な虫別るゝ恋はほしにさへ（1822）

naku na mushi / wakaruru koi wa / hoshi ni sae

296 啊，系在小雄鹿

角上——

一封信

☆さをしかの角に結びし手紙哉（1822）

saoshika no / tsuno ni musubishi / tegami kana

1　"相恋的星星"概指牛郎、织女星。

297   随落水的断枝

      漂流而下，

      昆虫仍一路唱着歌呢

☆鳴ながら虫の乗行浮木かな（1822）

naki nagara / mushi no noriyuku / ukigi kana

298   与老松为友，

      我们二人

      不知老之将至……

☆老松と二人で年を忘れけり（1822）

oi matsu to / futari de toshi wo / wasure keri

299   一年又春天——

啊，愚上

又加愚 ¹

☆春立や愚の上に又愚にかへる（1823）

haru tatsu ya / gu no ue ni mata / gu ni kaeru

300   婴孩抓握

母亲的乳房——

今年第一个笑声 ²

☆片乳を握りながらやはつ笑ひ（1823）

kata chichi wo / nigiri nagara ya / hatsu warai

1　此诗写于文政六年（1823年）新春，一茶述自己"还历"（花甲，虚岁六十一岁）之感。
2　此诗描写前一年（1822年）3月出生的一茶三男金三郎的初次新年。

301   笼中鸟

        羡慕蝴蝶——

        看其眼便知！

☆籠の鳥蝶をうらやむ目つき哉（1823）

kago no tori / chō wo urayamu / metsuki kana

302   纸门上

        装饰的图案——

        苍蝇屎

☆から紙のもやうになるや蠅の屎（1823）

karakami no / moyō ni naru ya / hae no kuso

303　　有人的地方，

　　　　就有苍蝇，

　　　　还有佛

☆人有れば蠅あり仏ありにけり（1823）

hito areba / hae ari hotoke / ari ni keri

304　　小孩子的

　　　　笑声——秋暮

　　　　昏暗 [1]

☆おさな子や笑ふにつけて秋の暮（1823）

osanago ya / warau ni tsukete / aki no kure

───────
1　1822 年 3 月，一茶三男金三郎出生。1823 年 5 月，
妻子菊病逝。此诗写妻死后的秋日傍晚，屋内传出幼
儿笑声，而忽然天色暗下……

305   我那爱唠叨的妻啊，

恨不得今夜她能在眼前

共看此月 [1]

☆小言いふ相手もあらばけふの月（1823）

kogoto yū / aite mo araba / kyō no tsuki

306   秋日薄暮中

只剩下一面墙

听我发牢骚 [2]

☆小言いふ相手は壁ぞ秋の暮（1823）

kogoto yū / aite wa kabe zo / aki no kure

---

1   此诗追忆 5 月间，以三十七岁之龄病逝的妻子菊。
2   此诗亦为追忆亡妻之作。

307　　老狗

　　　领路——

　　　到墓园祭拜

　　☆古犬が先に立也はか参り（1823）

　　furu inu ga / saki ni tatsu nari / hakamairi

308　　红蜻蜓——

　　　你是来超度我辈

　　　罪人吗？

　　☆罪人を済度に入るか赤とんぼ（1823）

　　zaijin wo / saido ni ireru ka / aka tombo

309   冬日闭门不出——

　　　　毁谤会

　　　　开议了……

☆人誹る会が立なり冬籠（1823）

hito soshiru / kai ga tatsunari / fuyugomori

310   就像当初一样，

　　　　单独一个人弄着

　　　　过年吃的年糕汤……[1]

☆もともとの一人前ぞ雑煮膳（1823）

motomoto no / ichininmae zo / zōni zen

1　此诗应写于 1823 年底或 1824 年初。1814 年，
五十二岁的一茶与菊结婚后，生了三男一女。妻子菊于
1823 年 5 月病逝，四个孩子也先后夭折，故写作此句时，
一茶又仿佛回到十年前单身一人做过年的年糕汤的情境。

311   新年首次做的梦里

       猫也梦见了

       富士山吧？

☆初夢に猫も不二見る寝やう哉（1824）

hatsu yume ni / neko mo fuji miru / neyō kana

312   以花丛为地毯的

       它的秘密通路——

       一只日本猫

☆通路も花の上也やまと猫（1824）

kayoiji mo / hana no ue nari / yamato neko

313   欢欢喜喜，

老树与新叶

做朋友……

☆いそいそと老木もわか葉仲間哉（1824）

isoiso to / oiki mo wakaba / nakama kana

314   混居一处——

瘦蚊，瘦蚤，

瘦小孩……

☆ごちやごちやと痩蚊やせ蚤やせ子哉（1824）

gochagocha to / yase ka yase nomi / yasego kana

315   一只苍蝇、两只苍蝇……

我睡觉的榻榻米变成了

观光胜地！

☆蠅一ツ二ツ寝莚の見事也（1824）

hae hitotsu / futatsu negoza no / migoto nari

316   黄莺为我

也为神佛歌唱——

歌声相同

☆鶯や御前へ出ても同じ声（1824）

uguisu ya / gozen e dete mo / onaji koe

317   冬日寒天——

　　何处是这流浪的乞丐

　　跨年之地? [1]

　　☆寒空のどこでとしよる旅乞食（1824）

samuzora no / doko de toshiyoru / tabi kojiki

318   冬风好心清扫

　　我家门前

　　尘土垃圾

　　☆木がらしの掃てくれけり門の芥（1824）

kogarashi no / haite kure keri / kado no gomi

1　一生困顿，行将六十三岁的一茶，将自己比作在岁末时不知往何方寻无忧食宿之地的乞丐。

319   春雨日：

闲混日，

俳句日……[1]

☆めぐり日と俳諧日也春の雨（1825）

meguri hi to / haikai hi nari / haru no ame

320   前世之约吗？

小蝴蝶在我袖子里

睡着了……

☆過去のやくそくかよ袖に寝小てふ（1825）

kako no yaku / soku ka yo sode ni / neru ko chō

1　译注：若将"めぐり"（meguri）一词解作"月经"，
此诗则可译成"春雨日：/月经日，/俳句日……"。
春雨日（妻子）月事来访，诗人只好以写诗之趣替代闺
房之趣。

321   夜虽短，

对于床上的我——

太长，太长！ [1]

☆短夜も寝余りにけりあまりけり（1825）

mijika yo mo / ne amari ni keri / amari keri

322   骤雨：

赤裸的人骑着

赤裸的马 [2]

☆夕立や裸で乗しはだか馬（1825）

yūdachi ya / hadaka de norishi / hadaka uma

---

1 一茶于 1824 年 5 月再婚，但 8 月即离婚，离婚后不
到一个月，六十二岁的一茶中风再发。对于孤单独眠、
行动不便的卧床的一茶，夜真的"太长，太长"。
2 此诗颇有二十世纪超现实主义的奇幻感，以及未来主
义式的动感。

323   小婴孩吸着

圆扇的柄

代替母奶 [1]

☆団扇の柄なめるを乳のかはり哉（1825）

uchiwa no e / nameru wo chichi no / kawari kana

324   良月也！

在里面——

跳蚤群聚的地狱

☆よい月や内へ這入れば蚤地獄（1825）

yoi tsuki ya / uchi e haireba / nomi jigoku

---

1 1822 年 3 月，一茶三男金三郎出生。1823 年 5 月，
妻子菊病逝。12 月，金三郎亦死。此诗追忆先前夏日里，
爱妻菊准备为儿喂奶，金三郎等不及先行吸吮扇柄的有
趣画面。对比写作此句时母子均已离世之情况，读之实
让人悲。

325   在我家：

早中晚

雾雾雾……

☆我宿は朝霧昼霧夜霧哉（1825）

waga yado wa / asagiri hirugiri / yogiri kana

326   春风轻吹：

原野上一顶接一顶的

淡蓝色伞

☆春風や野道につゞく浅黄傘（1826）

haru kaze ya / nomichi ni tsuzuku / asagigasa

327   温泉水汽

轻轻飘荡，飘荡

如蝶……

☆湯けぶりのふはふは蝶もふはり哉（1826）

yu keburi no / fuwafuwa chō mo / fuwari kana

328   疾行的云

缺乏塑造云峰的

见识

☆峰をなす分別もなし走り雲（1826）

mine wo nasu / funbetsu mo nashi / hashiri kumo

329   在盂兰盆会灯笼的

　　　火光里我吃饭——

　　　光着身体

☆灯篭の火で飯をくふ裸かな（1826）

tōrō no hi de / meshi wo kuu / hadaka kana

330   看起来正在构思一首

　　　星星的诗——

　　　这只青蛙

☆星の歌よむつらつきの蛙かな（1826）

hoshi no uta / yomu tsura tsuki no / kawazu kana

331   雪花纷纷降，

信浓的山脸色变坏

无心说笑……[1]

☆雪ちるやおどけも云へぬ信濃山（1826）

yuki chiru ya / odoke mo ienu / shinano yama

332   流水舞纹弄波

写出一个个"心"字——

啊，梅花

☆心の字に水も流れて梅の花（1827）

shin no ji ni / mizu mo nagarete / ume no hana

1　一茶的家乡每年冬季大雪，三个月的"冬笼"（闲居）
生活，不但让居民起居不便，连信浓的山也不爽。

333   放它去吧，

　　　　放它去！跳蚤

　　　　也有孩子

☆かまふなよやれかまふなよ子もち蚤（1827）

kamau na yo / yare kamau na yo / ko mochi nomi

334   火烧过后的土，

　　　　热烘烘啊热烘烘

　　　　跳蚤闹哄哄跳……[1]

☆やけ土のほかりほかりや蚤さわぐ（1827）

yake tsuchi no / hokarihokari ya / nomi sawagu

1　1827年6月，柏原大火，一茶房子被烧，只得身居"土
蔵"。但六十五岁（生命最后一年）的一茶仍写出这首
借热闹的拟态语渲染出的，带着怪诞、奇突黑色幽默的
俳句。

335   乘着七夕凉意，

泡汤

飘然其爽……¹

☆七夕や涼しき上に湯につかる（1827）

tanabata ya / suzushiki ue ni / yu ni tsukaru

336   盂兰盆会为祖灵送火——

很快，他们也会

为我们焚火²

☆送り火や今に我等もあの通り（1827）

okuribi ya / ima ni warera mo / ano tōri

---

1 家中遇火灾之后，1827年盂兰盆节前后，一茶赴"汤
田中温泉"小住，作此诗。
2 此诗亦为盂兰盆节期间，滞留于"汤田中温泉"时所作。

337 　我不要睡在

　　　花影里——我害怕

　　　那来世 ¹

☆花の影寝まじ未来が恐ろしき（1827）

hana no kage / nemaji mirai ga / osoroshiki

338 　不死又如何——

　　　啊，仅及一只龟的

　　　百分之一 ²

☆ああままよ生きても亀の百分の一（1827？）

a a ma ma yo / ikitemo kame no / hyaku bun no ichi

1　此诗亦为火灾后一茶生平最后阶段之作。盂兰盆节后，
一茶离开"汤田中温泉"，乘"竹驾笼"（竹轿）巡回
于邻近地带，于 11 月 8 日回到柏原，19 日中风突发遽逝。
一茶在这首俳句的"前书"里说他身为农民，却不事耕作，
深恐死后会受罚。

2　此处所译最后三首诗据说为一茶辞世之作，于其临终
床枕下发现。但也有人认为是后世伪作。网罗一茶全数
俳句（22000 首）的日文网站"一茶の俳句データベース"
（一茶俳句数据库）里，搜寻不到这几首俳句。

339   生时盆里洗洗，

死时盆里洗洗，珍粪汉粪

糊里糊涂一场……[1]

☆盥から盥へ移るちんぷんかんぷん（1827？）

tarai kara / tarai e utsuru / chinpunkanpun

340   谢天谢地啊，

被子上这雪

也来自净土……[2]

☆ありがたや衾の雪も浄土より（1827？）

arigata ya / fusuma no yuki mo / jōdo yori

1　日语"珍粪汉粪"（ちんぷんかんぷん），糊里糊涂、莫名其妙之意。

2　此诗如果真为一茶死前最后之作，代表对"来世"有时不免有疑惧的一茶，仍向往净土，仍信赖净土。一如他先前说给花听，说给露珠和自己听的——"单纯地信赖地飘然落下，花啊就像花一般……""单纯地说着信赖……信赖……露珠一颗颗掉下。"

附录

一茶

陈黎

于是我知道

什么叫做一杯茶的时间

在拥挤嘈杂的车站大楼

等候逾时未至的那人

在冬日的苦寒中出现

一杯小心端过来的，满满的

热茶

小心地加上糖，加上奶

轻轻搅拌

轻轻啜饮

你随手翻开行囊中

那本短小的一茶俳句集：

"露珠的世界；然而

在露珠里——争吵……"

这嘈杂的车站是露珠里的

露珠，滴在

愈饮愈深的奶茶里

一杯茶

由热而温而凉

一些心事

由诗而梦而人生

如果在古代——

在章回小说或武侠小说的

世界——

那是在一盏茶的工夫

侠客拔刀歼灭围袭的恶徒

英雄销魂颠倒于美人帐前

而时间在现代变了速

约莫过了半盏茶的工夫

你已经喝光一杯金香奶茶

一杯茶

由近而远而虚无

久候的那人姗姗来到

问你要不要再来一杯茶

1993

图书在版编目（CIP）数据

这世界如露水般短暂：小林一茶俳句300 /（日）小
林一茶文；陈黎，张芬龄译 . -- 北京：北京联合出版
公司，2019.2（2025.7重印）

ISBN 978-7-5596-2749-0

Ⅰ.①这… Ⅱ.①小…②陈…③张… Ⅲ.①诗集—
日本—现代 Ⅳ.① I313.25

中国版本图书馆 CIP 数据核字 (2018) 第 237783 号

这世界如露水般短暂：小林一茶俳句300

作　者：[日] 小林一茶
译　者：陈 黎　张芬龄
策 划 人：方雨辰
特约编辑：陈希颖　吴志东
责任编辑：管 文
封面设计：尚燕平
内文排版：方 为

北京联合出版公司出版
（北京市西城区德外大街83号楼9层　　100088）
北京联合天畅文化传播公司发行
山东临沂新华印刷物流集团有限责任公司印刷　　新华书店经销
字数95千字　　787毫米×1092毫米　　1/32　　6.5印张
2019年2月第1版　　2025年7月第10次印刷
ISBN 978-7-5596-2749-0
定价：48.00元